KB121186

예지몽으로 히든랭커 22

2022년 9월 16일 초판 1쇄 인쇄
2022년 9월 21일 초판 1쇄 발행

지은이 이현비
발행인 김정수 강준규

기획 이기헌 왕소현 박경무 강민구 조익현
책임편집 백승미
마케팅지원 이원선

발행처 (주)로크미디어
출판등록 2003년 3월 24일
주소 서울시 마포구 성암로 330 DMC첨단산업센터 318호
Tel (02)3273-5135 **편집** 070-7863-8595 **Fax** (02)3273-5134
홈페이지 rokmedia.com **E-mail** rokmedia@empas.com

ⓒ 이현비, 2021

값 8,000원

ISBN 979-11-354-7922-9 (22권)
ISBN 979-11-354-9382-9 04810 (세트)

예지몽으로
히든랭커

이현비 게임 판타지 장편소설

CONTENTS

스노족

　가온은 이 던전의 보스인 마족이 중요한 일을 하고 있다는 헤르로듀미러스, 아니 헤러스의 말에 긴장했다.

　'무슨 일을 하고 있는데?'

　—확실한 건 아니지만 자신의 수하들을 이곳으로 데려오려고 작업을 하고 있는 것 같아.

　수하들이 있다니 역시 평범한 마족은 아닌 것이 확실했다.

　'마족을 소환한 리치의 도움을 받는 거야?'

　—아니야. 나도 확실하게 아는 건 아니지만 원래 소환 의식에서 사용되는 소환진은 대상이 소환된 직후 소멸되는 것이 정상이야.

　'그런데?'

-그 소환진은 소멸하지 않았어. 마족이 강대한 마력으로 유지시키고 있는 거지. 다만 그 소환진을 활성화시키려면 모종의 작업이 필요해서 지금 그것을 하고 있다고 알고 있어. 그렇기에 우리도 가끔 이렇게 레어를 벗어나 바깥바람을 쓸 수 있는 것이고. 물론 그래도 워낙 마기가 농후해서 밖에 나와서 오래 활동할 수 있는 이들은 십여 명에 불과해.

헤러스의 말대로 마족이 소환진을 활성화시키기 위해서 공을 들이고 있는 건 사실인 것 같았다.

'가족들은 찾아본 거야?'

-응. 죽음을 각오하고 가족의 안전을 확인하지 못하면 명령을 거부하겠다고 했더니, 마족이 우리 일족의 로드만 한정해서 생사 유무를 확인할 수 있도록 해 주었어.

헤러스가 스노 일족의 지도자인 줄 알았는데 로드는 따로 있는 모양이다.

'어디에 있는데?'

-레어의 지하에 갇혀 있어.

'감옥?'

-그곳은 원래 레어의 가디언들을 위한 공간이었어. 드래곤이 만든 가디언의 숫자가 워낙 많았기에 공간은 충분하지만 식량을 포함한 생필품이 부족한 것 같아. 얼마 전에 그곳에 다녀온 로드의 말에 의하면 사람들이 많이 말랐다고 해.

'혹시 마족이 스노족에게 금제를 걸었어?'

-우리의 마나를 제대로 활용하지 못하게 만드는 진득한 마기가 불편할 뿐 특별한 금제는 없어. 지하에 갇혀 있는 가족들 때문에 어쩔 수 없이 놈이 시킨 대로 언데드를 제작했을 뿐이야.

  '탈출시킬 생각은 안 해 봤어?'

  자신 같으면 어떻게든 탈출을 고려해 봤을 것이다.

  -해 봤지. 그런데 지하로 내려가는 입구가 마족의 거처 근처에 있고 통로에는 농밀한 마기로 가득 차 있어서 몸 안에 들어오면 죽거나 마수와 같이 변하기 때문에 감히 시도할 생각을 못 했어.

  그렇다면 그곳으로 가려면 공간 이동을 할 수밖에 없었다.

  그런데 대화를 하며 무심코 레어의 입구와 자신 근처를 쳐다보던 가온의 눈이 순간적으로 빛났다.

  '암석들만 있는 것이 아니야!'

  그래서 레어 안쪽을 심안으로 확인해 보니 바닥은 물론 벽과 천장도 굵은 자갈이 섞인 흙이었다. 단단하게 굳은 돌이기는 하지만 화강암과 같은 암석은 아니었다. 그럼 방법이 있다.

  '혹시 내가 너희 일족을 구해 주면 너희들이 나를 도와줄 수 있을까?'

  -그게 가능할 리가 없잖아! 아니, 가능만 하다면야 네가 원하는 모든 것을 들어줄 수 있어!

헤러스의 반응이 당장 달라졌다.

'으음. 생각해 보니 너희들이 마족을 죽이려는 날 위해 해 줄 수 있는 일이 별로 없을 것 같네.'

의도적으로 헤르로듀미러스를 자극하려고 한 말은 아니다. 진짜로 딱히 스노족이 필요하지 않았다.

─아니, 할 수 있는 일이 있어!

'있다고?'

─우리가 만든 언데드는 우리 일족의 마나를 주입했기 때문에 시간이 흐를수록 빠르게 움직임이 둔화돼.

마족이 원하는 대로 언데드는 만들었지만 위력을 약화시켜 두었다는 얘기다.

'오!'

이럼 얘기가 달라진다.

'스노족이 연성한 언데드가 얼마나 되는데?'

─확실하게 숫자를 센 건 아닌데 대략 10만 정도는 될 거야.

그렇다면 20만은 마족이 만들었거나 예전부터 있던 언데드란 얘기다. 그것들만 주의하면 되는 것이다.

'너희가 만든 언데드와 마족이 만든 언데드 간에 전투력 차이가 있나?'

─당연히 있어. 이전부터 존재해 온 언데드는 리치가 만들어서 고위급이 많기는 하지만 시간의 흐름 때문에 내구성이

굉장히 약해졌어.

다행이다. 고위급이 많다는 소리에 잠시 걱정을 했지만 내 구성이 약하다니 크게 걱정하지 않아도 될 것 같았다.

─그런데 우리 일족을 어떻게 구출한다는 거지?

'너무 흥분하지 마. 일단 가능성부터 확인부터 해야 해.'

가온은 생명의 아공간에 있는 모라이족 족장 알름에게 의념을 보냈다.

'알름 족장, 절 좀 도와줘야 할 것 같은데 괜찮겠습니까?'

─당연히 괜찮지요. 그런데 어디십니까?

'밖입니다. 제가 꺼내 드릴 테니 너무 놀라지 마십시오.'

가온은 그렇게 의념을 보내고 알름을 소환했다.

"헙!"

본래 있던 곳에서 순식간에 생소한 곳으로 이동한 알름 촌장은 경호성을 질렀지만 가온을 보고 황급히 인사를 했다.

'근처에 마족이 있어서 의념으로 대화를 해야 합니다. 내게 하고 싶은 말을 하는 것처럼 강하게 염원하면 내가 알아들을 수 있습니다.'

의념 대화를 나눌 능력이 없다고 해도 느슨하지만 귀속 계약을 한 상태여서 의념으로 의사소통은 충분히 가능했다.

─알겠습니다. 들립니까?

'들립니다.'

─생각만으로 대화를 나눌 수 있다니 정말 신기하군요.

아! 그런데 제가 어떻게 온 님을 도우면 될까요?

'이 근처의 지질 상태를 확인해 주십시오. 그런데 마기는 괜찮습니까?'

-불쾌할 정도로 찐득거리며 내부로 파고들어 감성을 자극하는 이 마나가 바로 마기군요. 잠시라면 괜찮으니 일단 살펴보겠습니다.

알름은 가늘고 긴 접이식 금속 봉을 꺼내더니 자신이 나타난 곳부터 시작해서 레어의 입구 그리고 산까지 꼼꼼하게 살펴보았다.

-누구지?

'아! 사정이 급해서 미처 소개를 못 시켰네. 스노족을 구출할 수 있을지 확인하기 위해 부른 전문가야.'

-그런데 어떻게 이 자리에 나타난 거지? 아무런 기척도 못 느꼈는데, 소환진도 없고.

가온은 대충 대답을 하려다가 알름의 일이 금방 끝날 것 같지가 않아서 시간도 보낼 겸 모라이족의 능력과 그들이 어떻게 자신과 계약을 맺었는지 얘기를 해 주었다.

물론 처음 만난 상대에게 그런 비밀을 공개하는 이유야 당연히 있었다. 마족도 죽이지 않고 이용할 정도로 능력이 있는 스노족을 생명의 아공간으로 이주시킬 의향이 있었기 때문이다.

-그, 그런 세상이 정말로 존재한다고?

'응. 어느 행성인 것 같은데 공기도 물도 햇빛도 인간이 살기에 적당한 곳이야.'

인간이 살 수 있는 기본적인 환경을 갖추고 있는 생명의 아공간은 일반적으로 말하는 아공간과 달랐다. 해도 달도, 호흡에 필요한 산소까지 있으니 말이다. 그래서 가온은 그곳이 먼 우주의 한 행성일 거라 생각하고 있었다.

─거기에는 모라이족이 얼마나 살고 있지?

'그곳으로 이주한 후 임신한 여인들이 많아서 확실한 건 아니지만 대략 2천 명 정도 될 거야. 그리고 그보다 먼저 이주한 엘프족은 더 많고.'

─우리도 같은 계약을 할 수 있을까?

너무나 쉽게 자신이 원하는 부탁이 나왔지만 가온은 바로 대답하지 않았다.

스노족을 받아들일 생각으로 말하기는 했지만 막상 그들이 그렇게 하겠노라고 말하자 그들의 능력이나 문화, 풍습 등 더 조사를 해야 할 사항들이 있다는 사실을 깨달은 것이다.

─우리도 그대를 주인으로 모시고 우리에게 안전하고 평화로운 삶을 살 수 있도록 해 준 은혜에 보답하겠다.

'그, 그게……'

─우리는 비록 전사들은 많지 않지만 대신 마나를 세밀하게 다룰 수 있는 결계사들이 아주 많아. 어떻게든 도움이 될 거야.

'결계사?'

—결계사들은 특정 장소를 외부로부터 보호하는 결계부터 시작해서 일정한 장소를 인지할 수 없도록 만드는 결계까지 아주 다양한 결계를 설치하고 해제할 수 있는 능력을 가지고 있어. 마나를 아주 세밀하게 다룰 수 있어서 주물(呪物)이 없는 상황에서도 결계를 펼칠 수도 있고. 그래서 골드드래곤이 가디언으로 삼은 것이고.

설명을 들어 보니 결계사는 마법진에 특화된 마법사와 비슷한 것 같은데 마음이 동했다. 그동안 아나샤의 신성진으로 많은 도움을 받았기에 더욱 그랬다.

그때 알름이 돌아왔다.

'고생했습니다. 혹시 지반 상태도 확인했습니까?'

알름은 가늘고 긴 금속 봉과 망치와 같은 도구로 바닥을 찌르거나 두드리면서 바닥에 귀를 대기도 하는 등 상당히 넓은 공간의 바닥을 찌르며 지반 상태를 확인하는 것 같았다.

—네, 온 님. 대략 50미터 지하에 꽤 큰 공간이 있군요.

가온은 알름의 말에 반색을 했다. 그곳은 스노족이 갇혀 있는 공간이 틀림없었다.

'그곳까지 파 들어갈 수 있겠습니까?'

—저 앞에 있는 거대한 숲을 제외하면 지표 바로 아래가 석탄층으로 이루어졌기 때문에 충분히 가능합니다.

익숙한 단어의 등장에 가온의 눈이 빛났다.

'석탄층? 그럼 이곳이 노천 석탄 광산이란 말입니까?'

석탄이라면 식물이 땅속에 매몰되어 장기간에 걸쳐 물리적 화학적 작용을 받아 생긴 가연성 물질이다.

생각해 보니 이곳은 산에서 굴러떨어진 것으로 보이는 자갈 등이 쌓여서 좀 다르지만 조금만 떨어져도 바닥이 검거나 검은 갈색으로 보이는 지표면이 이어졌다. 게다가 언데드가 움직일 때마다 검은 가루가 날릴 정도였다.

가온은 땅이 마기에 오염된 거라고 여겼는데 원래 석탄층인 모양이다.

던전에서 뜬금없이 석탄층을 발견하다니 기분이 좀 이상했다.

-그렇습니다.

'숲 쪽은 석탄층이 전혀 없는 겁니까?'

-그건 아닙니다. 그곳 역시 석탄층일 가능성이 높습니다. 다만 산에서 흘러내렸거나 바람이나 비를 통해서 운반된 흙이 쌓여서 그 위에 나무가 자라는 것으로 보입니다. 보시면 아시겠지만 숲이라고 해도 깊게 뿌리를 뻗은 큰 나무는 없고 대부분 키가 작은 관목에 불과합니다.

그렇게 설명한 알름은 가온이 왜 이곳의 지질 상태를 확인했는지 궁금했지만 그가 직접 말해 주기를 기다렸다.

가온은 잠시 고심에 빠졌다.

'그럼 언데드 필드 대부분이 석탄층이라는 얘기네. 어떻게

이용할 방법이 없을까?'

혹시 몰라서 벼리에게 조언을 구했다.

-모라이족의 굴착 방식이 어떤지 모르겠지만 지하 공간까지 파 들어갈 때 조심해야 할 것 같아요. 그리고 석탄층이 어디까지 뻗어 있는지 모르겠지만 메탄가스를 함유하고 있는 석탄층이라면 폭발과 열을 이용해서 언데드를 무력화시킬 수 있을 것 같아요.

안 그래도 언데드의 숫자가 너무 많아서 걱정했는데 듣던 중 반가운 소리였다.

'그런데 석탄에도 종류가 있을 텐데?'

-갈탄, 무연탄, 역청탄 등 종류가 다양하긴 해요.

'간단한 성질을 말해 줘.'

-탄소량에 따라서 무연탄, 유연탄, 갈탄, 토탄으로 나눠요. 무연탄은 검은색이며 탄소 함량이 높아서 불에 잘 붙지는 않지만 탈 때 연기가 나지 않아서 주로 연료용과 발전용으로 쓰여요.

거기까지 들은 가온은 알름에게 시선을 돌렸다.

'석탄에도 종류가 있다는 건 아십니까?'

-그렇습니다. 이곳에 있는 석탄은 지표면에 가루가 쌓여 있는 형태로 보아서 탈 때 연기가 나는 종류로 보입니다.

지구처럼 분류해서 이름을 붙이지는 않지만 정확하게 알고 있었다. 그리고 알름이 말한 것은 유연탄을 의미했다.

'혹시 불이 잘 붙습니까?'

―그렇습니다. 벼락이 칠 때 불이 붙기도 하지요.

이거다!

가온은 내심 만세를 불렀다. 수적으로 월등한 전력을 자랑하는 언데드를 보다 효과적으로 처리할 방법이 나온 것이다.

'석탄층의 깊이는요?'

―제 탐침기의 길이에 해당하는 곳까지는 석탄층이 다른 암석과 층을 이루고 있었습니다.

탐침기라는 것은 아까 모라이족이 땅을 찌를 때 썼던 가늘고 뾰족한 막대기를 말하는 모양인데 길이가 대략 1.5미터 정도 되었다.

'그럼 가장 위에 있는 석탄층은 어느 정도의 두께입니까?'

―장소에 따라 다르지만 살펴본 곳은 손바닥 길이에서 팔뚝까지의 길이에 해당합니다.

'그럼 불이 붙을 경우 가장 위에 있는 석탄층이 타면 그 아래에 있는 다른 석탄층도 불이 붙을까요?'

―그렇지는 않을 겁니다. 석탄층 사이에 있는 점토광물층의 두께가 그보다 훨씬 더 굵기 때문에 열이 전달되기는 하겠지만 불이 붙을 정도는 아닙니다.

그렇다면 어느 정도 타면 꺼진다는 얘기다. 언데드 필드의 지표면에 깔린 석탄층에 불을 붙인다고 해서 언데드가 다 죽는 것이 아니고 공략대원들도 필드 안으로 들어가야 하니 당연히 불이 꺼져야만 했다.

'감사합니다. 도움이 많이 됐습니다.'

가온은 마음을 담아 감사 인사를 했다.

－아, 아닙니다. 무슨 일인지 모르겠지만 나중에 꼭 알려 주십시오.

'그렇게 하지요. 그리고 부탁이 하나 더 있습니다.'

－뭐든 말씀하십시오.

'확인한 지하 공동까지 이어지는 굴을 팠으면 좋겠습니다.'

－그거야 어렵지 않지요. 어디서부터 시작할까요?

그러고 보니 스노족을 구한다고 해도 언데드의 땅을 빠져나가는 것이 문제다. 자신이라면 몰라도 일반인, 아니 마나를 사용할 수 있는 인간이라도 언데드의 감각을 피하기 어려우니 말이다.

'혹시 저 바위 지대의 뒤쪽에 입구를 낼 수 있겠습니까?'

가온이 가리킨 곳은 레어에서 왼쪽으로 백여 보 떨어진 산기슭으로 굴러떨어진 거대한 바위들이 쌓여 층을 이루거나 단독으로 병풍처럼 서 있는 곳이었다. 그곳까지는 언데드가 얼씬도 하지 않는다는 사실은 이미 확인해 두었다.

－바위가 없는 땅이라면 가능합니다.

그건 걱정할 필요가 없었다. 공중 정찰을 할 때 거대한 바위들의 뒤쪽은 아무것도 없다는 것을 확인했기 때문이다.

'가능하다고 치고 지하 공간까지 연결되는 통로를 뚫으려면 얼마나 걸리겠습니까?'

─의외로 단단한 암석층이 있을 것을 고려하더라도 4시간 정도 걸릴 겁니다.

'혼자 말입니까?'

─네.

그렇다면 모라이족을 몇 명 더 소환한다면 시간은 단축될 것이다.

'일단 알겠습니다.'

거기까지 알름과 얘기를 나눈 가온은 이제 헤러스에게 집중했다.

가온은 기대와 불안이 교차하는 헤러스에게 원하는 대답을 해 주었다.

'확인해 봤는데 지하에 있는 스노족을 구해 줄 수 있을 것 같아.'

─정말?

헤러스가 펄쩍 뛰면서 확인을 구했다.

'응. 그런데 가족들만 구출하면 너희는 이곳을 떠날 수 있는 거야?'

헤러스가 혼자 이 밤에 레어 밖으로 나와서 바람을 쐬는 것을 보면 행동하는 데 어느 정도 자유가 있는 것 같지만 확실한 사정을 알아야만 했다.

-가능해. 아까 말한 대로 마족은 지금 마기의 농도를 높이는 데 주력하고 있으니까.

아까와는 말이 좀 달랐다.

'소환진을 이용해서 마계에 있는 수하들을 데리고 오려고 한다는 작업이 마기의 농도를 높이는 거야?'

-아마도. 리치가 만든 소환진이 소멸되지 않고 남아 있는 것으로 봐서는 마기를 이용해서 강제로 유지시키고 있는 것 같아. 그리고 놈의 혼잣말을 들었는데 마기의 농도가 일정한 수준이 되어야만 쉽게 소환진을 확장할 수 있다고 했어.

이제야 마족이 왜 마기의 농도를 높이는지 이해했다.

'마기의 농도를 어떻게 높인다는 거지?'

-확실치는 않은데 주위에 마기를 방출하는 돌을 잔뜩 깔아 놓고 모종의 방법으로 활성화시켜서 마기의 농도를 높이는 것 같아. 놈이 있는 방에서는 숨이 막힐 것 같은 마기가 흘러나오는데 나날이 마기의 농도가 강해져서 레어는 물론 밖으로도 확산이 되어 상당한 지역까지 퍼지고 있어.

가온은 자신이 지금 죽음의 기운을 운용하고 있어 마기에 거의 영향을 받지 않고 있다는 사실을 자각했다.

'마족이 항상 그 작업만 하고 있는 건 아닐 텐데 언제 활동하지?'

본격적인 작업을 하기 전에 놈의 활동 주기를 파악해야 한다.

-지금까지 지켜본 바로는 2주에 한 번 방에서 나오는데 대략 반나절 정도 움직여. 그때 잠깐 휴식을 하고 언데드 재료를 챙겨 오지. 사흘 전에 나왔다가 들어갔으니까 시간은 충분해.

'다행이네. 그럼 혹시 마기의 농도가 낮아서 마족이 정상적으로 움직일 수 없는 것은 아닐까?'

-그런 건가? 하지만 놈이 다크오우거를 죽일 때 보니까 손톱 끝에서 만들어진 작은 구슬을 날려서 머리통을 날려 버리던데…….

마족이 검환에 비견되는 지환(指丸)을 사용하는 건 이미 들어서 알고 있었다. 제대로 활동을 할 수 없는 상황에서도 지환을 사용할 정도라면 본래 실력은 어느 정도인지 감이 오질 않았다.

아무튼 확실한 것은 지금이 아니면 마족을 해치우는 것이 더욱 어려워진다는 사실이다.

'아무튼 그건 알겠어. 일단 헤러스의 일족을 구하는 것이 먼저니까 그 부분부터 확인하자. 참! 지금 언데드를 만들고 있는 스노족은 몇 명이나 돼?'

-839명이야. 지하에 갇힌 일족은 4천여 명이고.

모두 합해서 5천여 명이나 된다.

'그렇군. 일단 지하 공간으로 연결되는 통로를 팔 수 있는 지부터 확인하자. 시간은 되지?'

－잠깐 바람만 쐬겠다고 하고 나온 건데…….

'그럼 동료들에게 짧게 알리고 다시 나오든지.'

－그럴게, 내가 없으면 불안해할 동족이 많아서.

헤러스는 그 말을 남기고 바람처럼 레어 안으로 달려 들어갔는데 신기하게도 아무 소리도 나지 않았다. 마치 바람에 실려 날아가는 것처럼 표홀한 움직임이었다.

'저게 마기 때문에 제대로 마나를 사용할 수 있는 인간의 움직임이라니.'

몸놀림만 보면 숲에서의 엘프를 능가했다.

다시 레어에서 나온 헤러스는 혼자가 아니었다.

'이쪽은 우리 일족의 로드인 헤르나인이야. 열 명밖에 없는 전사이기도 하지만 가장 강력한 결계술을 익히고 있지.'

맑은 겨울날, 햇빛을 받은 흰 눈처럼 밝은 백색의 머리칼과 에메랄드빛의 큰 눈, 그리고 만지면 흰 분이 묻어 나올 것 같은 고운 피부를 가진 헤르나인은 굉장한 미인이기도 했지만, 흰색 로브를 걸치고 있어서 동화 속에서나 나올 법한 신비한 분위기를 가지고 있었다.

'반가워. 나는 외부 세계에서 들어온 온이라고 해.'

가온은 헤러스가 쉽게 의념 대화를 했기에 일족의 로드인 그녀라면 가능하지 않을까 기대하며 자신을 소개했다.

－정말 인간이네.

헤르스는 인사 대신 탄성을 터트렸지만 음성이 아니라 의념이었다. 마족 때문에 의념으로 대화를 해야 한다는 사실을 헤르스로부터 미리 들은 모양이다.

'이쪽은 모라이족 족장인 알름이야. 지하 공간에 갇힌 스노 일족을 위해 통로를 건설해 줄 사람이지.'

가온이 먼저 소환한 알름을 소개했다.

—아! 너무 놀라서 인사도 못 했네요. 저는 스노족의 로드인 헤르데스펄나인이라고 해요. 헤르나인이라고 불러 주세요.

이제야 정신을 차린 헤르나인은 당연하다는 듯 의념으로 알름을 향해 자신의 소개를 하고 허리를 깊이 숙였다.

—모라이족 족장 알름이오. 만나서 반갑소. 눈처럼 흰 피부를 가진 인간은 처음 보네.

헤르나인이 알름의 의념에 반응을 하려고 할 때 가온이 먼저 의념을 보냈다.

'헤르나인, 물어볼 것이 있어.'

—뭐죠?

'헤르스가 말하길 지금 언데드를 만들고 있는 스노족은 마기로 인해 마나를 제대로 쓸 수 없는 점을 빼면 별다른 금제가 없다고 했는데 레어에서 나올 수 있는 거야?'

헤르스가 일족에게 돌아간 후 곰곰이 생각해 보니 스노족에게는 인질 말고도 다른 금제가 있을 것 같았다.

마족에 대해서 자세하겐 모르지만 2주에 한 번씩만 나오면서 이렇게 방치하지는 않을 것이다.

ー맞는 말이긴 하지만 자세히 파고들면 아주 강력한 금제예요.

그럴 줄 알았다. 마족이 아니더라도 누군가를 노예처럼 부리는데 가족을 인질로 삼는 정도에 그칠 리가 없었다.

'어떤 금제지?'

ー우리 스노 일족에게 정신 지배가 통하지 않는다는 사실을 확인한 마족이 우리 몸에 마기를 주입해 두었어요. 마기가 옅은 곳으로 가면 머리 쪽으로 몰려서 폭발한다고 하더라고요. 가족들이 인질로 잡혀 있는 상황이라서 감히 시험해 볼 용기는 없었어요.

자신의 곁에서 멀리 벗어나는 순간 몸속에 주입해 둔 마기가 폭발하게 만들다니 과연 마족다운 술수다.

'한번 확인해 봐도 되겠나?'

ー혹시 마기를 제거할 수 있는 거예요?

헤르나인이 바다를 닮은 에메랄드빛의 눈을 빛내며 물었다.

가온은 아무 대답도 하지 않고 헤르나인의 팔 쪽으로 손을 뻗었다.

자신의 손목을 내민 헤르나인은 헤러스가 의념 대화를 하는지 고개를 끄덕이고 있었다.

'뼈가 없는 것 같네.'

분명히 스노족에서 몇 명 없는 전사이기도 하다는 소개를 들은 것 같은데 헤르나인은 몸에 근육이 거의 없는 것 같았다. 마치 연체동물처럼 닿은 손목 부분이 무척이나 부드럽고 유연하게 느껴졌다.

가온은 잡은 손목을 통해 오행기 중 토기 미량을 주입했다. 토기는 가장 안정적인 성질을 가지고 있어서 반대 속성의 마나 사이에 균형을 잡아 주는 역할을 하기 때문에 이질적인 마나에 즉각적인 반응을 하는 상황을 상당히 막아 줄 수 있었다.

가온은 약간의 반발을 무시하고 토기를 안개처럼 미세하게 풀어서 헤르나인의 몸 곳곳으로 보내면서 느껴지는 감각에 집중했다.

'저기군!'

드디어 마기가 있는 곳을 찾았다. 역시 헤르나인이 말한 대로 마기는 머리 뒷부분, 즉 소뇌 부위에 콩알 크기로 뭉쳐 있었다.

안개처럼 옅게 풀어진 토기가 닿는 순간 뭉쳐 있던 마기가 소뇌 전부를 덮을 정도로 확장하는가 싶더니 이내 토기를 흡수해 버렸다.

'다른 마나를 잡아먹는 건가?'

꼭 그렇게 보였다. 단순한 마기가 아니라 마족의 마기라서 그런지 마치 의지를 가진 독립적인 생명체처럼 보였다.

'일단 시험해 보자.'

가온은 즉시 헤르나인의 소뇌에 도사리고 있는 마기를 대상으로 파워드레인 스킬을 펼쳤다. 이전에는 대상의 일부분에만 적용하는 것이 불가능했지만 SS급으로 진화한 파워드레인 스킬이 그것을 가능하게 만들었다.

화악!

마기는 가온의 의지대로 끌려오는 것 같았지만 마치 접착력이 강한 액체처럼 가늘게 늘어나기만 할 뿐 다른 한쪽은 소뇌에 단단히 붙어 있었다.

'달리 마족의 마기가 아니라는 건가?'

이대로라면 마기를 흡수할 수는 있겠지만 헤르나인의 소뇌 부분이 손상을 입을 것 같았다.

그렇다고 이대로 포기하기는 싫었다.

'방법이 없을까?'

그때 벼리가 의념을 보냈다.

─오빠, 이젠 심검(心劍)을 구사할 수 있지 않아요?

'심검?'

─의지로 마나를 움직여 만들고 운용한다는 점을 제외하면 오러블레이드와 같아요. 검환을 만들 수 있으면 심검도 가능할 것 같아요.

전사에게는 최상의 경지에 올라서야 만들 수 있는 오러블레이드도 결국 검의 형태다. 즉, 매개가 되는 물질이 있어야만 했다.

하지만 검환은 다르다. 마나를 응축하고 응축해서 작은 구슬 형태로 만들어진 것이 바로 검환이다.

일단 오러로 가장 안정적인 형태인 원형의 구슬을 만드는데 성공했다면 그다음 단계는 의지로 다른 형태의 오러체를 만드는 것이고, 그것이 바로 심검이다.

심검이라고 통칭하지만 형태는 검이든 화살이든 상관이 없었다. 강력한 의지력으로 마나를 외부로 방출해서 생성된 오러가 특정한 모양으로 유형화되고 의지로 조종이 가능하다는 것이 핵심이다.

'한번 해 보자!'

가온은 벼리의 조언과 응원에 헤르나인의 몸 안으로 더 많은 토기를 주입했다.

'전사라고 하더니 마나로드가 잘 발달되어 있네.'

마나오션은 없었지만 몸 안에 퍼져 있는 마나의 양과 마나로드의 확장 정도를 고려하면 오러블레이드는 몰라도 검사 정도는 구현할 수 있을 것 같았다.

아무튼 덕분에 대량의 토기를 마나로드를 통해 소뇌 주위로 이동시킨 가온은 심안 스킬을 활성화시킨 후 토기에 강력한 의지를 부여해서 아주 미세한 검을 만들기 시작했다. 눈에 보이지도 않을 정도로 작고 가는 그런 검이었다.

'되, 된다!'

벼리의 조언이 아니었다면 감히 만들 엄두도 내지 못했던 극소형의 검이 만들어졌다.

가온은 그 검으로 헤르나인의 소뇌 부분에 단단하게 붙어 있는 마기의 한쪽 부분을 베어 내기 시작했다. 심검을 만들어 낼 정도의 강한 의지와 집중력이 있었기에 심검을 움직이는 것은 그리 어려운 일이 아니었다.

싸악.

귀로는 들을 수 없는 절삭음과 함께 마기의 뿌리가 잘렸다. 물론 그 순간 아직 활성화 중인 파워드레인 스킬을 통해서 마기는 엄청난 속도로 가온에게 흡수되었다.

부착 면에 해당하는 극미량의 마기가 남았지만 그 정도로는 별 영향을 주지 않을 것이다.

"후우우!"

만든 심검을 거두고 스킬을 해제한 가온은 자신도 모르게 안도의 숨을 길게 내쉬었다.

휘청!

극도의 집중 상태에서 깨어난 가온은 자신도 모르게 비틀거렸다. 마나의 소모는 많지 않았지만 심력이 크게 고갈된 것이다.

―괜찮으세요?

어느새 잡힌 손을 풀고 비틀거리는 가온의 몸을 안은 헤르나인이 걱정이 가득한 얼굴로 물었다.

순간 마치 연체동물처럼 부드럽지만 탄력이 느껴지는 헤르나인의 몸이 마치 자신을 빨아들이는 것 같은 느낌과 함께 이제껏 맡아 보지 못했던 기이한 체향이 콧속 가득 들어왔다.

'아! 이젠 괜찮아. 고마워.'

가온은 자신도 모르게 헤르나인의 체향이 너무 향기롭다는 생각을 하면서 몸을 바로잡았다.

ㅡ어, 어떻게 되었나요?

'마기는 제거했어. 한번 확인해 봐.'

ㅡ아! 제거가 된 것이 맞아요! 늘 뒷머리가 무거웠는데 지금은 말끔하게 사라졌어요!

헤르나인도 마나를 다루는 전사이기에 소뇌에 자리를 잡고 있었던 마기가 사라진 것을 금방 깨달았다.

하지만 얼마 후 그녀의 얼굴은 다시 심각해졌다.

ㅡ어떻게 하지요? 이곳을 탈출하려면 900명에 가까운 우리 일족 모두의 마기를 제거해야 하는데…….

가온이 자신의 마기를 제거하고 어떤 상태가 되었는지 직접 본 헤르나인은 미안한 한편 그 많은 일족의 마기를 빠른 시간 내에 제거하는 것이 가능한지 걱정을 하는 것이다.

'처음 해 보는 것이라 너무 집중해서 그래.'

혹시 몰라서 허니비 비약을 한 병 마셨더니 말끔해졌다.

―아! 정말 다행이다!

그제야 환하게 웃는 헤르나인인데 이상하게 그 모습이 마음을 끌어당겼다.

공략 준비

알름 외에 모라이족 10명이 추가로 소환이 되어 부지런히 레어의 지하로 통하는 통로를 건설하기 시작했다.

헤르나인과 헤러스는 그들이 작업하는 바위 지대 뒤편의 공터에 결계를 설치했는데 마기의 영향을 최소화시켜 주는 용도라고 했다.

그사이에 가온도 속속 레어 밖으로 나오는 스노족을 대상으로 마기를 제거하는 작업을 하고 있었는데, 시간이 갈수록 작업 속도가 빨라졌다.

처음에나 심검을 만들고 운용하는 것이 어려웠지 나중에는 크게 집중하지 않아도 심검을 유지하고 사용하는 데 익숙해진 것이다.

가온이 마지막 작업을 끝냈을 때는 통로는 이미 완성이 되었고, 지하로 내려간 헤르나인과 헤러스 등 스노족 수뇌부가 일족을 만나 상황을 설명하고 밖으로 나오고 있었다.

　오랫동안 떨어져 지냈던 스노 일족이었지만 마족 때문에 소리를 내지 못하고 숨죽여 반가운 해후를 나누었다.

　'너무 좁아!'

　바위 지대의 뒤쪽은 이미 새하얀 피부와 머리카락을 가진 사람들도 가득해서 지상과 연결된 통로에 머물러 있는 이들도 많았다.

　'빨리 이들을 어떻게 해야 해!'

　이 지역을 덮고 있는 농후한 마기로 인해서 일정 범위 밖으로는 나갈 수가 없었고 지하에서 올라오는 스노족은 벌써 그 영향으로 안색이 나빠지고 있었다.

　기껏 감옥에서 탈출했는데 신선한 공기도 제대로 들이마실 수 없는 상황이라니. 빨리 그들을 안전한 곳으로 보내야 할 것 같았다.

　'헤르나인, 나와 계약을 하는 부분은 설명을 했나?'

　-네. 그런데 내색은 안 하지만 걱정을 하는 사람들이 꽤 많은 것 같아요.

　그럴 수밖에 없다. 마족을 피하려고 누구의 노예가 되는 것과 같은 상황이니 말이다. 더구나 이제까지 살아온 곳과는 너무 다를 수밖에 없는 새로운 세상으로 이주하는 것이니 걱정이 안 될 리가 없었다.

'일단 스무 명 정도만 선발해. 직접 생명의 아공간을 눈으로 보고 결정하는 편이 낫겠어.'

—그렇게 한다면 다들 안심할 것 같아요.

헤르나인은 먼저 말은 못 했지만 배려가 느껴지는 가온의 말에 감동을 받은 얼굴로 스노족 중 인망이 높은 이들을 선발했는데 주로 장년인들이었다.

가온은 곧바로 그들과 간단한 임시 계약을 맺은 후 고생한 모라이족 사람들과 함께 생명의 아공간으로 향했다.

"온 님, 어서 오십시오. 손님들도 아니테라에 온 것을 환영합니다!"

미리 의념을 보내 두었기에 기다리고 있었던 엘프족의 에르넬 원로가 가온 일행을 반겨 주었다.

엘프와 모라이족에 이어 이주한 나가족이 생명의 아공간에 새로운 이름을 붙였는데, 그것이 바로 '아니테라'였다. 그들 말로 생명의 땅이라고 했다.

정신없는 인사와 소개의 시간을 보낸 후 아니테라를 살펴본 스노족 사람들은 놀람을 감추지 못했다.

"이런 곳이 있었다니!"

농경지에는 밀과 호밀 그리고 보리가, 과수원에는 달짝지근한 향과 함께 보기 좋게 익어가는 과실이 주렁주렁 매달린 과실수들이, 목장에는 양과 염소, 말, 소, 돼지, 닭 등의 가축이 푸른 초지에서 한가롭게 풀을 뜯어 먹고 있었다.

강에는 나가족 아이들이 헤엄을 치거나 물장난을 하고 있었고 나무 그늘 아래에는 세 종족의 노인들이 사이좋게 모여 앉아서 차를 마시며 대화를 나누고 있었다.

땅이 얼마나 큰지 지평선이 보일 정도였는데 크고 작은 강들이 종횡으로 연결이 되어 있었고 한쪽에는 높은 산들이 이어져 있었다.

"스노족은 햇빛을 받으면 피부가 쉽게 상한다는 말을 들었는데 저쪽 숲에 자리를 잡으면 어떻겠습니까?"

에르넬 원로가 스노족 사람들에게 가리킨 곳은 높이가 50미터는 될 것 같은 거목들로 이루어진 큰 숲으로 대낮에도 햇빛이 많이 들어오지 않았다. 더구나 간격이 20미터에 달하는 거목들은 10미터 높이까지는 가지도 거의 없어서 공간이 굉장히 컸다.

직접 그곳까지 이동해서 일조량을 확인해 본 스노족은 무척 만족했다. 굳이 햇빛이 거의 들어오지 않는 깊은 협곡과 같은 지형이 아니더라도 이곳이라면 충분히 생활할 수 있을 것 같았다.

"로드, 이곳은 우리 스노족을 위한 곳입니다!"

몸과 마음을 상쾌하게 만들어 주는 짙은 수향(樹香)이 마음에 들었고 청량한 공기와 서늘한 기온도 스노족에게는 최상의 환경이었다.

그렇게 거주 예정지를 둘러본 스노족 사람들은 이미 자리를 잡은 세 종족 수뇌부와 차를 마시며 아니테라는 물론이고 가온에 대한 이야기를 듣고는 빠르게 결정을 내렸다.

무엇보다 그들의 마음을 움직인 것은 아니테라의 주인에 대한 세 종족의 평가였다.

이곳의 주인이자 동시에 이곳에 사는 이들의 실질적인 주인이기도 한 가온은 요구하는 것도 별로 없어서 마음 편하게 살 수가 있다고 생각한 것이다.

"당장 계약하겠습니다!"

결국 당연한 결과였다.

결국 모든 스노족이 가온과 계약을 해서 아니테라로 건너갔다. 그리고 전사 10명과 결계술사 40명이 가온을 따라 다시 나왔다.

"여러분이 해 주어야 할 일이 있다."

"뭐든 시켜만 주세요!"

가족이 안전할 뿐 아니라 풍요로운 곳에 자리를 잡자 정서적으로 안정이 된 스노족의 반응은 열정적이었다.

게다가 언제든 해제할 수 있으며 제한도 거의 없는 내용이기는 하지만 가온은 스노족의 주인이나 다름없는 존재였다.

"일단 확인할 것이 있다. 혹시 그대들 중에 레어를 격리시킬 수 있는 결계를 알고 있는 이가 있나?"

모둔이 마기를 보다 효율적으로 흡수하기 위해서는 레어를 봉쇄하는 것이 필요했다. 물론 효율 문제이기에 불가능하다고 해도 크게 상관은 없었다.

"마기가 빠져나오지 않도록 할 생각인가요?"

헤르나인이 가장 먼저 가온의 의도를 눈치챘다.

"맞다."

"그런 효과가 있는 결계가 있긴 해요. 하지만 마기는 무엇이든 파괴하는 성질을 가지고 있어서 결계로는 오래 막지 못할 거예요."

"공략할 때까지만 마기가 흘러나오지 않으면 된다."

"저도 그 결계가 얼마나 오래 마기를 막아 낼지 알 수 없지만 일단 설치해 볼게요."

"필요한 것이 있으면 말해?"

"지금은 없어요. 우리 일족이 가지고 있는 재료로 이번 결계는 충분히 설치할 수 있을 것 같아요."

"잘됐군. 바로 시작해!"

가온의 명령이 떨어지자 스노족 결계술사들은 일정 거리마다 표시가 된 긴 줄, 추가 달린 막대기, 각도기, 나침반 등 다양한 도구를 이용해서 결계를 설치하기 시작했고 전사들은 그런 결계술사들을 지켰다.

그 모습을 지켜보던 가온은 아나샤에게 이들을 붙여 주면 신성진을 훨씬 더 빠르고 쉽게 설치할 수 있을 것 같다는 생각을 했다. 경험이 많은 듯 정확하면서도 빠르게 움직였기 때문이다.

얼마 후 결계가 완성되었다.

'호오! 정말로 더 이상 마기가 빠져나오지 않네.'

레어의 입구는 게이트와 비슷한 마나 파장으로 이루어진 막으로 막혔다. 신성진처럼 특별한 에너지가 필요한 것이 아니고 마법진처럼 마법사가 필요한 것도 아니니 효용성이 무척 높았다.

'모둔, 레어 안팎의 마기를 동시에 흡수할 수 있겠어?'

—가능해요.

'그럼 레어 안쪽의 마기 농도는 아주 느리게 낮춰.'

—마족이 눈치채지 못하도록 만들려는 거죠?

'맞아. 괜히 마기의 농도가 변해서 확인하겠다고 나오면 골치가 아파질 거야.'

—알겠어요. 그나저나 마기의 양이 어마어마해요.

모둔의 말을 들은 가온은 벼리와 파넬에게 의념을 보내 갓상점에 마기를 순화시켜 흑마력으로 축적하는 마나 연공법이 있는지 알아보도록 했다.

'그냥 언데드를 연성하는 데만 쓸 수는 없지.'

아무튼 결계와 모둔 덕분에 공략을 시작하기 전까지는 마기의 농도가 더 이상 높아지지 않을 것이다.

그렇게 마기 방출을 처리한 가온은 이동하는 문제 때문에 헤르나인을 제외한 스노족 전사와 결계술사들을 아니테라로 다시 보낸 후 혼자 숙영지로 복귀했다.

가온과 함께 돌아온 헤르나인의 존재는 가온이 따로 고용한 용병으로 뒤늦게 던전에 들어와서 오늘에야 만난 것으로 설명을 했다.

곧 합류할 나머지 스노족에 대한 말도 미리 해 두어 나중에 이상하게 생각하지 않도록 조치를 한 것이다.

헤르나인은 나가족의 예하에게 맡겼는데 의외로 쉽게 친해져서 안심할 수 있었다.

어쨌거나 공략대는 아직 모르지만 스노족의 합류로 더 이상 언데드가 늘어나는 사태를 막을 수 있었다.

하지만 분위기는 여전히 심각했다. 고위급 언데드는 보이지 않았지만 그래도 무려 30만에 이르는 언데드를 상대할 일이 막막했기 때문이다.

아침 식사 후, 가온이 수뇌부 회의를 소집했다.

"오늘은 마지막 공략 시기를 결정하려고 하오."

매번 모일 때마다 이 문제를 두고 논의를 해 왔지만 항상 결론이 나지 않았다.

"그보다 선결되어야 할 문제가 있지 않습니까."

"확산하고 있는 마기를 막을 방법과 언데드를 처리할 방안 말인가?"

"그렇습니다. 마기의 영역에 들어가면 능력이 상당 부분 깎이는 것도 문제지만 무려 30만에 이르는 언데드를 처리할 방안이 아직 마련되지 않았기 때문에 공략은 아직 이르다고 생각합니다."

울바르의 말에 다른 수뇌들도 굳은 얼굴로 고개를 끄덕여 동의를 드러냈다. 만약 그에 대한 대안이 마련되지 않은 상태로 공략에 나선다면 마족을 가온 혼자서 감당한다고 해도 공략대가 엄청난 피해를 입게 될 것은 안 봐도 알 수 있었다.

"일단 후자에 대해서는 따로 알아본 것이 있소."

가온은 모라이족의 알름 족장이 알아낸 이른바 마족 필드의 지층에 대해서 설명을 했다.

"그러니까 지표면을 구성하고 있는 석탄층에 제대로 불을 붙일 수 있다면 손쉽게 언데드를 태워 죽일 수 있다는 겁니까?"

석탄은 인간만 이용한 것이 아니기에 수뇌부도 용어만 다를 뿐 석탄에 대해서는 알고 있었다.

"그렇지. 그래서 불쏘시개가 될 마른 장작을 대량으로 구한 후 은밀하게 곳곳에 깔아 둘 생각이오."

전격이나 화계 마법으로 지표면에 노출된 석탄층에 불이 붙는다면 좋겠지만 그건 쉽지 않은 문제다. 일단 그동안 사방에서 날아온 흙과 돌과 같은 불순물이 많아서 한 곳에 불이 붙는다고 해도 확산 여부는 장담할 수 없었다.

그래서 가온은 생각하다 못해서 나무들을 벌목해서 작게 자른 후 말려서 언데드 필드 곳곳에 뿌리려는 것이다. 물론 당연히 많은 인력과 노고가 들어갈 것을 감수해야만 했다.

그런데 의외의 인물이 발언권을 요청했다. 나가족 퀸인 예하였다.

"말해 봐."

"멀지 않은 곳에 불이 잘 붙는 물이 있어요."

합류한 이후 아레오와 아나샤에게 말과 글을 배운 예하는 약간 어눌하지만 의사소통은 확실할 정도로 공용어를 구사할 수 있었다.

"불이 잘 붙는 물이라면 혹시 검은색인가?"

"검정에 가까운 갈색인 것 같았어요. 쉽게 붙지는 않지만 일단 불이 붙을 경우 사람이 마시면 호흡이 곤란해지는 검은 연기를 내며 타는 신기한 물이에요."

원유다!

석탄에 이어 원유까지 나오는 던전이라니.

"그게 어디에 있지?"

"그렇게 멀지는 않아요. 소금호수와 가까운 곳에 있어요."

소금호수라면 아주 오래전에 그곳은 바다였다는 얘기다.

그리고 가온이 아는 상식으로 석유는 아득한 고대에 바다에서 번성했던 해양생물의 사체들이 쌓이고 쌓여서 생긴 물질이니, 예하가 설명한 물이 원유일 가능성이 아주 높았다.

"많은가?"

"저도 직접 확인한 것은 아니지만 많다고 들었어요. 가끔 근처 산에 화재가 발생하거나 벼락에 맞을 경우 불이 붙는데, 거센 비가 와야 꺼질 정도로 오래 탄다고 들었어요."

"훌륭해! 그 물만 있으면 석탄에 제대로 불을 붙일 수 있어!"

언데드 필드 전체가 화재와 함께 독성이 높은 연기로 가득 채워지겠지만 이곳은 공략해야 할 던전이니 신경을 쓸 필요가 없었다.

"그렇다면 두 가지 문제 중 하나는 해결이 되겠네."

모라이족이 말하길 지표면까지 올라와 있는 석탄층이 얇아서 불길이 오래 유지되지는 않겠지만 언데드를 처리하는 데는 문제가 없을 것이다.

난제 중 하나가 해결이 되었지만 언데드 필드의 확장을 막는 것도 문제였다.

모둔이 지금도 마기를 흡수하고는 있지만 이미 레어 밖으로 방출된 마기는 계속 확장하는 중이었다.

공략대 수뇌부는 모두 머리를 굴렸지만 마땅한 방안이 나오지 않는지 인상만 찡그리고 있었다.

정적이 길어진다고 생각했을 때 한 인물이 입을 열었다.

"그, 저……."

새로 합류한 스노족의 수장 자격으로 회의에 참석한 헤르나인이 말을 하고 싶은데 어떻게 해야 할지 모르겠다는 얼굴로 말을 꺼냈다.

"헤르나인, 하고 싶은 말이 있나?"

놀랍게도 헤르나인은 합류한 지 반나절도 되지 않아서 의사소통이 가능할 정도로 공용어를 구사했다. 새로운 언어를 쉽고 빠르게 익히는 건 스노족의 특성이라고 했다.

"잘하면 우리 일족의 결계술로 언데드 필드를 가득 채운 마기가 더 이상 확장하지 못하도록 만들 수 있을 것 같아요."

"결계술로 그게 가능하다고?"

"네. 원래 그 결계의 효과는 내부의 기운이 밖으로 새어나오지 못하도록 막는 것이니 마기의 확산도 막을 수 있을 거예요. 대신 순정석이 어마어마하게 많이 필요해요."

"순정석이 뭐지?"

순정석이라는 단어는 처음 듣는다.

"마정석은 생물 고유의 마나가 포함되어 변질된 마나를 담고 있어요. 그런 불순한 마나를 제거하고 순화시킨 순수한 마나만 담겨 있는 마정석을 저희는 순정석이라고 부르는데 결계를 치는 데 꼭 필요해요."

대충 무슨 말인지 알 것 같다. 탄 차원의 마법사들도 마법을 사용할 때 그렇게 순화시킨 마정석을 사용하는데, 마나 친화력이 높은 아이들을 이용해서 만든다는 얘기를 아레오에게 들은 바가 있었다.

"마정석만 있으면 순정석으로 만들 수 있나?"

"네!"

"마정석을 순정석으로 만드는 데는 얼마나 걸리지?"

"그, 그게 아주 세심한 작업이라서 좀 오래 걸려요. 고블린 마정석의 경우 한 명이 하루에 세 개, 오크 마정석은 하나 정도 만들 수 있어요."

"필요한 수량은?"

"고블린 순정석은 대략 5천 개, 오크 마정석은 1,800개 정도요."

언데드 필드의 크기를 생각한다면 당연한 숫자이기는 한데 작업량을 고려하면 엄청난 양이다.

"순정석을 만드는 데 특별한 스킬이 필요한 건가?"

"스킬까지는 아니고 높은 수준의 마나 친화력과 세심한 마나 운용력이 필요해요."

"온 랑, 쉽지 않은 작업이에요. 어릴 때부터 그 일을 해 온 저도 하루에 기껏해야 하급을 말하는 것으로 보이는 고블린 순정석을 열 개 정도 만들 수 있을 정도니까요."

여차하면 전사들을 동원하려고 했는데 이렇게 되면 소용이 없다. 몸을 먼저 단련하는 전사의 마나 운용력과 마나부터 다루는 마법사의 마나 운용력은 차원이 다르기 때문이다.

"아!"

이런 바보! 자신에게는 모둔이 있다는 사실을 까먹다니!

오래전이기는 하지만 마나의 양을 늘릴 생각으로 모둔에게 순정석과 같은 개념의 마정석을 부탁한 적이 있었다. 물론 천연 영약 덕분에 사용할 일은 없었지만 말이다.

가온은 바로 모둔에게 의념을 보냈다.

—그때 만들어 둔 것이 1천 개 정도 될 거예요. 더 필요하세요?

'응. 하급은 5천 개, 중하급은 2천 개 정도 필요해.'

어느 순간부터 쓸 돈은 충분했고 갓상점에서는 마정석을 화폐로 인정하지 않기 때문에 계속 쌓아만 두었기 때문에 마정석은 충분히 가지고 있었다.

—서너 시간 정도면 만들 수 있어요.

'좋아! 그럼 부탁할게. 그런데 그 작업을 하려면 마기를 모으는 것은 잠시 멈춰야겠네.'

잠깐이라면 괜찮을 것이다.

—아니, 그럴 필요는 없어요. 그 정도 작업은 동시에 할 수 있으니까요.

'우리 모둔, 정말 대단하네.'

가온은 진심으로 감탄했다. 사실 이번 의뢰와는 상관은 없지만, 모둔은 이 세계에 퍼져 있는 마기를 흡수하는 중요한 일을 하고 있었다.

—호호호. 칭찬 감사해요. 저도 가온 님에게 도움이 되는 것 같아서 기분이 아주 좋아요.

그러고 보니 모둔이 이렇게 좋아하는 것은 처음인 것 같다. 왠지 모둔의 미소가 보고 싶다는 생각이 들었다.

"……장님!"

문득 정신을 차려 보니 사람들이 자신만 쳐다보고 있다.

"왜 갑자기 탄성을 터트린 거예요, 온 랑?"

아나샤가 사람들을 대신해서 물었다.

"그건, 순정석을 구할 수 있을 것 같아서……."

"정말요? 정말 그렇게 많은 순정석을 구할 수 있다고요?"

"아! 갓상점에서 구하려는 거죠?"

가온의 대답에 놀라 헤르나인이 물었는데 아나샤가 대신 대답했는데 갓상점을 아는 이들은 이해가 되었다는 얼굴로 고개를 끄덕였다.

"응. 가진 물건을 처분해서 포인트를 마련하고 구매를 해야 하니 시간은 좀 걸릴 거야."

모둔의 존재를 알릴 수가 없으니 어쩔 수 없이 그렇게 설명했다.

"그럼 두 가지 문제가 다 해결이 된 거네요?"

아레오가 속이 시원하다는 얼굴로 물었다.

"그렇지. 그래도 먼저 예하가 말한 물이 석유인지부터 확인을 해야지."

"석유가 대체 뭔가요?"

아레오뿐 아니라 모든 수뇌가 강한 호기심을 드러내며 가온이 설명해 주길 기다렸다.

"석유는 아주 오래전에 죽은 엄청난 숫자의 바다생물들의 사체가 강한 압력을 받아서 만들어진 액체라고 할 수 있어. 만들어지는 데 아주 오랜 시간이 걸리고 특수한 조건들이 필요하기 때문에 극히 희귀한 물질이야."

가온은 자신이 알고 있는 석유에 대한 내용을 설명해 주었다.

"온 랑은 어떨 때 보면 상식이 부족한 것 같은데 또 이럴 때 보면 너무 박식한 것 같아요."

"하하하. 그거 칭찬이지?"

"당연하죠. 아무튼 석유가 맞으면 어떻게 하죠?"

"아공간 주머니에 담아서 언데드 필드 곳곳에 비처럼 뿌려야지."

"그럼 사람이 많이 필요하겠네요?"

"많으면 좋지."

"제가 하겠습니다!"

"저도 동참하겠습니다!"

수뇌들은 너 나 할 것 없이 일을 돕겠다고 나섰다. 가온을 돕겠다는 마음도 진심이지만, 이 기회에 하늘을 날 수 있는 경험을 하려는 의도도 있었다.

"많이 가면 좋겠지만 나와 함께 날 수 있는 사람은 네 명밖에 안 되는데……."

그것도 문제지만 해야 할 일이 이들의 직위와 어울리지 않는 단순 작업이라는 점도 걸렸다.

"순정석만 있으면 이 인원이 함께 그곳으로 가는 것도 가능해요."

"응? 그게 무슨 소리야?"

뜬금없는 헤르나인의 말에 가온은 물론 다른 수뇌부들도 눈을 치켜떴다.

"이동 결계를 이용하면 돼요. 저도 그곳을 아는데 우리 인원이면 고블린 순정석 50개면 될 것 같아요."

"……설마 텔레포트 마법진?"

아레오가 믿을 수 없다는 얼굴로 말했다.

"그런 마법진이 있다는 소리는 들었어요. 하지만 우리 일족이 사용하는 이동 결계진은 그렇게 먼 거리는 이동할 수 없어요. 기껏해야 2만 보가 한계니까요."

"2만 보나 이동할 수 있다고? 정말 대단해!"

아레오가 탄성을 터트렸다.

맞다. 1만 보면 대략 6킬로미터 정도인데 마법진이든 결계진이든 순간적으로 2만 보 거리를 이동할 수 있다는 것은 정말 대단한 것이다.

가온은 모둔에게 의념을 보냈고 그녀는 바로 하급 순정석 20개를 팔찌의 아공간에 넣어 주었다.

"결계진을 완성하는 데 오래 걸리나?"

"저 혼자라면 2시간 정도 걸리는 데 동료들의 도움을 받으면 시간을 줄일 수 있어요."

"그럼 밖에 대기하고 있는 스노족을 부르도록 하지."

필요한 인원을 소환하겠다는 말이다.

"그 정도의 순정석은 나한테 있으니까 이동 결계진이라는 거 부탁하지."

"네! 맡겨 주세요!"

임무의 중요 여부와 상관없이 공략대에 합류하고 바로 임무를 맡은 헤르나인의 눈에는 강한 의욕이 가득했다.

아레오는 밖에서 대기하다가 합류한 스노족 결계술사들이 헤르나인의 지휘하에 결계진을 설치하는 모습을 지켜보며 줄곧 감탄을 하고 있었다.

'결계라는 거 마법진과 비슷하긴 한데 뭔가 특별한 능력이 필요한 것 같아.'

결계진 자체는 마법진과 비슷했지만 다른 점이 여럿 있었다.

주로 오망성 형태를 사용하는 마법진과 달리 이동 결계진의 경우 헥사그램, 즉 육망성의 형태였으며 그것도 몇 번의 중첩이 있었다.

무엇보다 큰 차이가 있었다. 결계술사들은 순정석을 코어로 사용하지만, 자신이 보유한 일종의 정신 에너지를 주입해서 순정석 내부에 있는 마나의 성질을 바꾸었다.

너무 궁금해서 헤르나인에게 살짝 물어봤는데 이동할 때 위치 좌표는 사용하지 않는다고 했다.

이동하고자 하는 장소는 반드시 알고 있어야 하며 결계진을 발동하고 중심에 자리한 결계술사가 그곳으로 이동하기를 강하게 염원하는 것으로 결계진이 발동한다고 했다.

그리고 그것으로 결계진은 소용을 다하고 소멸하기 때문에 코어의 마정석만 교체하면 반영구적으로 사용할 수 있는 마법진과는 확실히 달랐다.

'하지만 하급 마정석, 아니 순정석 20개로 근거리지만 20여 명을 한 번에 공간 이동시킬 수 있다는 건 굉장한 일이야!'

마법진의 경우 가동하려면 최소한 중상급 마정석 수십 개가 필요했다. 더구나 마법진을 설치하는 작업은 굉장히 정교하고 세심한 손길이 요구되기 때문에 최소한 4성급 마법사 대여섯 명이 필요했고 시간도 많이 소요된다.

그런 의미에서 생각하면 40여 명이 함께 작업을 했지만 불과 10여 분 만에 완성을 앞두고 있는 결계진 쪽이 마법진보다 훨씬 효과적이었다.

'꼭 배웠으면 좋겠어!'

전투 계열의 마법사인 그녀와는 어울리지 않지만 아레오는 마법에 입문하면서부터 마법진에 관심을 가지고 있었다.

자신의 실력보다 몇 단계는 더 높은 마법을 제대로 구현할

수 있도록 만들어 주는 가장 효과적인 수단이 바로 마법진이
었다.

'온 랑이 어떻게 스노족과 인연을 맺었는지는 모르겠네.
엘프족이나 모라이족 그리고 나가족도 그렇고 온 랑에게는
사람을 끄는 강력한 매력이 있는 것 같아.'

혈혈단신인 자신이나 아나샤와 달리 뛰어난 능력을 가진
이종족들이 계속 가온에게 귀속되는 것을 보며 아레오는 뿌
듯함을 느끼고 있었다.

'하지만 온 랑에게 호감을 가지는 여자들이 너무 많아지는
것이 문제야.'

엘프족의 시르네아도 그렇고 나가족의 예하도 은연중에 가
온을 마음에 담고 있어 어떻게든 처리를 해야 할 것 같았다.

이동 결계진의 위력은 대단했다. 결계가 발동하면서 빛무
리와 함께 사라진 공략대의 수뇌부는 순식간에 2만 보 정도
떨어진 곳에 나타났다.

'텔레포트와 비슷하네.'

속이 울렁거리고 이명이 들리는 감각을 제외하고는 별다
른 후유증은 없었다. 다들 마나를 능숙하게 다루는 이들이었
기에 그런 후유증 정도는 큰 문제가 되지 않았다.

잠시 몸 상태를 확인한 사람들의 관심은 이내 눈앞에 있는
검은색의 작은 호수로 향했다.

'원유는 본 적이 없지만 점성이 있는 검은 갈색의 액체에 특유의 냄새를 고려하면 원유가 맞는 것 같아.'

작은 호수에 고여 있는 검은 갈색의 액체가 원유임을 거의 확신한 가온은 잠시 후 자신이 너무 쉽게 생각했다는 사실을 깨달았다.

'원유는 쉽게 불이 붙지 않아. 화력도 약해서 석탄층에 불을 붙이는 것도 어렵고.'

고민하던 가온은 벼리에게 의념을 보내 잠시 대화를 했다. 그리고 아공간에서 자루가 달린 냄비 하나를 꺼내 원유를 가득 푼 후 조금 떨어진 곳으로 가지고 갔다.

벼리에게 확인한 것은 원유의 정제에 관련된 지식이었다. 대충은 알고 있었지만 확실하게 자신의 것으로 만들 필요가 있었다.

원유가 가득 들어 있는 냄비를 들고 적당한 곳에 자리를 잡은 가온은 아공간에서 게임 초창기에 리자드맨 던전에 들어갔을 때 히든 던전, 즉 마법사의 던전에서 얻은 유리 재질의 증류 장치와 이동식 자동 화로를 꺼냈다.

스승인 볼코트에게 선물한 설비도 있지만 기본적인 설비와 장치 들은 그에게 필요하지 않아서 가온이 가지고 있었다.

"온 랑, 뭘 하시려고요?"

가온의 일거수일투족을 관심을 가지고 지켜보던 사람들을 대신해서 아레오가 물었다.

그녀가 비록 전투 계열의 마법사이기는 하지만 이와 비슷한 도구를 본 적이 있어 호기심이 동한 것이다.

"이것을 원유라고 부르는데 다양한 성분이 포함되어 있는 혼합물이야. 이 상태로는 쉽게 불이 붙지 않아서 더 쉽고 빠르게 불이 붙는 성분들을 분리할 거야."

"연금술을 연구하는 마법사들이 하는 작업 같은데, 어떻게 분리한다는 건가요?"

마법과 관련이 있다고 생각해서인지 아레오가 유난히 관심을 보였다.

"혼합된 성분들은 끓는 점들이 달라."

"끓는 온도에 따라서 분리를 할 수 있다는 거군요?"

"맞아. 그 과정을 정제한다고 해."

유리병의 크기는 지름이 30센티미터에 높이는 1미터 정도 되는데 20센티미터 간격으로 외부로 돌출된 작은 관 네 개가 빠져나와 있었다.

가온은 돌출된 관마다 고무호스를 연결한 후 다른 끝부분을 각각 크기가 다른 유리병들과 연결했다. 그 후에 증류탑 역할을 할 유리병에 원유를 70센티미터 높이까지 채웠다.

"이제 원유를 넣은 유리병을 끓일 거야. 그럼 먼저 끓은 것이 기체 형태로 변해서 가장 윗부분에 돌출된 관과 연결된 호스를 통해 이 통으로 들어가 다시 액체 형태로 변할 거야. 그다음으로 끓은 것들이 두 번째 구멍과 연결된 호스를 통해 이 통으로 들어가게 돼. 이런 식으로 다른 두 가장 아래쪽에 있는 구멍에는 그다음으로 끓은 것이 들어가겠지."

"그건 알겠는데 왜 이런 정제 과정이 필요한가요?"

"그야 가연성이 높은 물질을 얻으려는 거지."

"그러니까 윗부분에서 얻은 액체들이 불에 더 잘 탄다는 거죠?"

"맞아."

"온 랑은 정말 모르는 게 없는 것 같아요!"

아레오의 탄성에 다른 수뇌들도 격하게 고개를 끄덕였다. 그들은 이런 액체가 존재한다는 사실조차 알지 못했는데 가온은 정제하는 기술까지 알고 있었기 때문이다.

'졸지에 천재 대접을 받으니 쑥스럽네.'

사실 원유의 증류에 대한 내용은 벼리가 알려 준 것이다. 물론 가온도 개념 정도는 알고 있었지만 말이다.

그렇게 설명을 한 가온은 자동 화로를 작동시켰다.

벼리가 말해 준 대로 가장 위쪽의 돌출된 관과 이어진 유리병에 기체로 짐작되는 무언가가 모였지만, 그 양은 그리 많지 않았다. 끓는 점이 영하 43도에서 영하 1도인 LPG일 것이다.

그런데 조금 지나자 세 번째 돌출된 관과 이어진 유리병에 액체가 한 방울씩 떨어지는가 싶더니 빠르게 차오르기 시작했다.

　'버리의 설명이 맞는다면 이 병에 고이는 액체가 가솔린과 나프타겠네.'

　가솔린과 나프타의 끓는 점은 30도에서 150도 사이였다.

　그렇게 세 번째 병까지는 문제없이 증류가 되었지만 시간이 흘러도 아래쪽에서 첫 번째와 두 번째로 돌출된 관들과 연결된 유리병에는 아무 변화가 일어나지 않았다.

　이상하게 생각하던 가온은 금방 이 이유를 깨달았다.

　'자동 화로의 화력은 끝없이 올라가는 것이 아니네.'

　자동 화로는 마력을 이용해서 주로 가정용으로 사용할 용도로 개발했기 때문에 화력의 한계가 존재했다.

　'할 수 없지.'

　그래도 병은 거의 가득 찬 상태다. 가솔린과 나프타는 원유에서 대략 20%를 차지하며 끓는 점이 낮은 편이라서 이번 작전에 큰 도움이 될 것이다.

　"끝났어요?"

　"응. 자, 보라고."

　가온이 두 번째 병에 담긴 무색무취의 액체를 약간 바닥에 뿌리고 발화석으로 불꽃을 만들자 순식간에 불이 붙었다.

　"오오오! 대단하네!"

연기도 전혀 나지 않는데 순식간에 석유를 뿌린 바닥 전체가 불이 붙는 것을 본 사람들이 탄성을 질렀다.

"저 석유라는 거 무기로 사용해도 될 것 같군!"

"나는 연료로 사용하면 좋을 것 같은데."

"그보다는 추울 때 사용하면 좋을 것 같아."

다들 가솔린과 나프타의 혼합물이 가진 효용가치를 금방 알아보았다.

"자, 이제부터 이런 방식으로 석유를 만들어 보자고."

정확하게는 가솔린과 나프타지만 굳이 그것까지 설명할 필요는 없었다.

가온은 마법 실험에나 쓰이는 도구들을 꺼내 빠르게 간이 증류 설비를 만들었고 사람들은 2인 1조로 증류 작업을 시작했다.

원유의 정제 과정은 비교적 단순했지만 시간이 꽤 많이 걸렸다.

하지만 달리 방도가 없었다. 많은 인력을 투입해서 빨리 끝내고 싶어도 자동 화로는 가온이 가지고 있는 것이 전부였기 때문이다.

그렇다고 음식을 조리할 때처럼 화덕을 사용하기도 힘들었다. 그런 방식으로는 열기를 조절할 수가 없었고 유리병 자체가 화력을 감당하지 못하는 것이다.

과학 문명이 발달한 지구와 달리 이곳의 유리는 급열과 급

랭에 약해서 인챈트 계열의 마법사들이 강화를 시켰음에도 고열을 견디지 못했다.

그 바람에 몇 명을 제외한 공략대 수뇌들은 원유 호수에 머무르며 꼬박 이틀 동안 원유 정제 작업을 해야만 했는데, 그래도 그 결과에는 만족했다.

대략 20리터가 들어가는 가죽 자루 1천여 개가 만들어진 것이다.

수뇌부가 그 고생을 하는 동안 가온은 수시로 공중 정찰을 해서 레어를 감시했다.

혹시 마족이 나타나면 준비가 미흡하더라도 작전을 시행해야만 해서 대원들도 대기 상태를 유지했다.

다행하게도 원유 정제 작업이 끝날 때까지 마족은 레어 밖으로 나오지 않았다. 자신의 권속을 불러낼 게이트를 여는데 전념하고 있는 것이다.

그렇게 스노족을 구출해서 언데드의 증가를 막는 한편 언데드 필드를 화염의 대지로 바꿀 결정적인 무기까지 얻은 공략대는 이제 마지막 공략만 남겨 두었다.

가온은 단순 작업이지만 꼬박 이틀 동안 일을 한 수뇌부는 물론 긴장한 상태로 대기한 대원들의 노고를 치하하는 의미로 고기는 물론 맥주도 두 잔 정도씩 돌아갈 수 있도록 대규모로 방출했다.

그렇게 사기를 진작시킨 가온은 일찍 잠자리에 들었다.

내일 동이 트는 대로 공략을 해야 하기에 일찍 잠자리에 들어 몸 상태를 최상으로 만들 필요가 있었다.

자정이 막 넘은 시각, 가온은 홀로 숙영지를 나섰다. 해야 할 일이 있었기 때문이다.

다른 날과 마찬가지로 뜨거운 밤을 보내고 지쳐서 잠이 든 아레오와 아나샤 등 많은 이들이 함께하기를 원했지만 이번 일은 중요하기도 하지만 가온 혼자만이 가능한 일이었다.

'모자라지는 않을까?'

물론 그럴 수도 있지만 대안이 없는 것은 아니다. 만약 2만 리터의 석유로 부족하면 카우마와 카오스가 정제한 석유 제품까지 쓰면 된다.

그녀들은 가온이 원유를 정제하는 모습을 지켜보고 호기심이 동했는지 협업으로 엄청난 양의 다양한 석유 제품을 생산했다.

물론 가온은 추가 보상 때문에 그것들을 쓸 생각이 없지만 꼭 필요한 상황이면 어쩔 수 없이 사용할 것이다. 던전을 클리어하는 것이 먼저였다.

다시 생각해도 정령을 활용할 수 없다는 것은 정말 엄청난 제약이다.

카우마를 적절하게 활용하면 굳이 이런 복잡한 과정을 거치지 않고도 언데드 필드의 석탄층에 불을 붙일 수 있었기 때문이다.

'뭐 그래도 덕분에 거의 100만 리터에 달하는 가솔린이 생겼으니 그걸 위안 삼자.'

그렇게 만든 가솔린은 언제고 유용하게 사용할 날이 올 것이다.

투명 날개를 이용해서 순식간에 언데드 필드 상공으로 날아간 가온은 잠깐 아래를 지켜봤다.

'역시 밤이라서 그런지 언데드의 활동이 왕성하네.'

물론 마기의 농도가 높기 때문에 언데드 필드 내에서는 낮에도 별 지장을 받지 않고 움직일 수 있지만 밤이라서 그런지 낮에는 볼 수 없었던 듀라한이나 유령마와 같은 높은 등급의 언데드들까지 볼 수 있었다.

언데드 필드 한쪽 끝 상공으로 이동한 가온은 공략대 수뇌들이 공들여 만든 석유가 들어 있는 가죽 부대를 아공간에서 꺼냈다.

고공에서 주둥이를 풀어 비처럼 뿌릴 생각이었다.

그리 어려운 일은 아니었다. 하지만 20리터들이라고 해도 1천 자루나 되고 언데드 필드 곳곳에 뿌려야 하는 만큼 시간이 꽤 많이 걸렸다.

목표 지점에 석유가 제대로 뿌려졌는지 확인하는 과정도 포함되었기 때문이다.

예상한 대로 언데드들은 하늘에서 쏟아지는 석유를 맞고

도 별 반응이 없었다. 언데드는 생명체가 내는 소리나 냄새 혹은 생기가 아니면 반응을 하지 않았다.

우려한 대로 20리터짜리 1천 자루에 해당하는 가솔린으로는 언데드 필드를 촉촉하게 적실 수가 없었다. 일정한 간격으로 뿌리기만 했는데도 부족했다.

지금에서야 떠올린 것인데 휘발성이 높은 가솔린만 뿌린다면 해가 뜨고 얼마 후면 다 증발될 가능성이 높았다. 그래서 아예 따로 챙긴 석유를 가솔린의 열 배가량 더 뿌렸다.

그렇게 할 일을 겨우 마쳤을 때 던전 안이 조금씩 밝아지기 시작했다. 그 정도로 시간이 많이 걸리고 세심한 작업이었다.

'던전이라서 다행이네.'

바깥세상과 달리 햇빛이 강렬하지 않아서 증발하는 데 시간이 걸리기 때문이다.

해가 뜨고 주위가 밝아지자 언데드들은 관목숲 안으로 사라졌다.

언데드는 햇빛을 받아도 소멸되는 건 아니지만 능력이 저하되기 때문에 그늘이 있는 숲으로 피하는 것이다.

하지만 관목숲의 크기로 보아 기껏해야 수만의 언데드만이 들어갈 수 있을 뿐이다.

그것도 몸집이 큰 마수나 몬스터를 베이스로 한 구울들이 차지하는 바람에 언데드의 상당 부분을 차지하는 스켈레톤과 일반 구울들은 할 수 없이 얼굴을 바닥에 댄 상태로 잠을 청했다.

물론 좀비는 달랐다. 좀비는 햇빛에 아무런 영향을 받지 않는 언데드였기에 해가 떠도 생명체를 찾아서 이리저리 돌아다녔다.

'그래도 이전보다는 움직임이 느려졌어!'

현재까지 레어에서 방출되는 마기는 물론 언데드 필드의 마기를 끊임없이 흡수해서 저장구에 담고 있는 모둔 덕분이다. 마기의 농도가 꽤 옅어져서 좀비의 활성도가 현저히 낮아졌다.

'차라리 공략을 며칠 미룰 걸 그랬나?'

모둔이 언데드 필드의 마기를 모두 흡수해 버린 후에 공략을 시작한다면 클리어 가능성이 더 올라갈 것이다.

마기만 사라져도 언데드의 전력이 2할에서 3할 정도 낮아지는 것이다.

'아니야! 마족이 언제 움직일지 알 수 없어!'

자신의 일족을 소환하기 위한 게이트를 만드는 작업이 언제 완료될지 알 수 없는 상황이다.

만약 완벽을 기하기 위해서 시기를 늦추었다가 놈이 나타난다면 일이 골치 아프게 된다.

마음 같아서는 레어 자체를 무너뜨리고 싶었지만 그건 불가능했다. 스노족의 수장인 헤르나인이 말하길 골드드래곤

예지몽으로
히든랭커

이 직접 설치한 마법과 결계는 아직도 정상적으로 작동하고 있어 절대로 파괴되지 않는다고 했다.

'아무튼 이제 시작이다!'

저 멀리 공략대원들이 새벽의 어둠을 헤치고 언데드 필드를 넓게 포위하는 모습이 보였다. 드디어 마족 던전을 클리어할 시간이 다가왔다.

언데드 필드 공략

마계에서 소환된 마족의 정체는 뢰벨르라는 이름의 고위급 마족이었다. 마왕과 마신을 제외한 마족은 서열로 강함을 판단한다. 서열은 직접 싸워서 결정이 되고.

그런 마계에서 뢰벨르는 서열 228위로 굉장히 높은 편이다. 작지만 한 지역의 패자이며 휘하 마족만 해도 3천이 넘는 고위급 마족인 것이다.

'하지만 이곳이 훨씬 더 좋아!'

이곳은 마족의 힘의 원천인 마기의 농도가 거의 없다는 것을 제외하면 너무나 좋은 세상이다.

마계는 끝없이 넓은 세상이지만 하늘을 가린 희뿌연 구름으로 인해 한낮에도 어둠침침해서 식물은 물론 제대로 된 곡

물도 잘 자라지 못하고 마기가 농후한 공기는 독을 비롯한 유해 성분들로 오염이 되어 이미 적응한 동물이 아니면 생존이 힘들었다.

하지만 번식률은 엄청나게 높다. 환경이 열악하기 때문에 오히려 마족부터 시작해서 초식동물까지 번식 활동을 왕성하게 하는 것이다.

어떤 마신이 말하길 짙은 마기를 함유한 마계의 대기에는 온갖 욕망을 자극하는 특별한 성분을 다량 함유하고 있다고 주장했는데, 그 말이 맞는지 마족들은 하나같이 욕망이 충실했다. 아니, 마계의 생물 모두가 그랬다.

그렇게 번식률은 높았지만 식량이 턱없이 부족했다. 식물, 특히 곡물들이 제대로 자라지 못하는 환경이기 때문이다.

그래서 마계는 생존경쟁이 아주 치열하다. 강한 놈만이 끝까지 살아남을 수 있고 더 많은 것을 가질 수 있었다. 약자는 강자에게 굴종해서 온갖 핍박을 받으며 살아야만 했다.

그렇게 수만 년, 아니 헤아릴 수 없이 아득한 시간이 흐르자 마계는 강자존(强者存)의 원칙이 자리를 잡았고, 강자가 무엇이든 가질 수 있기에 무슨 방법을 쓰더라도 강해지고자 하는 욕망에 충실한 존재들만 남았다.

그런 마계에서 치열하게 싸우며 현재 위치에 오른 뢰벨르는 우연히 접한 소환에 응했다. 요즘은 도전하는 놈들이 없어서 심심했던 차에 소환을 원하는 파동을 감지하고 흥미가 돌아서 바로 이곳으로 건너온 것이다.

그런데 한눈에도 언데드를 다루는 것으로 보이는 하찮은 사령술사 리치가, 제물이라고 해 봐야 마계에서는 하위 서열에 해당하는 놈들의 심장밖에 안 됨에도 불구하고 오만한 태도로 분에 넘치는 요구를 했다.

뢰벨르는 곧바로 건방진 요구를 하는 소환자를 제압했다. 수천 년을 살아오면서 23번이나 소환되었던 그는 소환자를 죽이면 바로 마계로 강제 귀환된다는 사실을 잘 알고 있었기에 죽이지는 않고 제압했다.

그리고 정신 지배를 통해서 기억 일부를 전이받았는데 의외로 이 세상이 너무 마음에 들었다.

뢰벨르는 고위급 마족이었지만 한편으로는 상위 마족에게 온갖 핍박과 괴롭힘을 당하는 신세였다.

하지만 이곳에서는 그를 능가할 존재가 없었다.

누구 눈치를 보지 않고 마음껏 자신의 욕망을 채워도 되는 그야말로 최고의 환경이었다.

더구나 자신의 욕망을 마음껏 채울 대상, 특히 인간들이 수없이 많은 또 다른 차원으로 건너가는 게이트까지 있다고 하니 마계로 돌아가기가 싫었다.

그래서 더 욕심을 부리기로 했다. 뢰벨르는 차원 게이트에 대해서 비교적 잘 알고 있었기에 게이트를 열어서 휘하 마족들을 데려오기로 한 것이다.

다만 문제가 있었다. 운 나쁘게도 이곳에는 소환진을 그릴 수 있는 존재가 자신을 소환한 사령술사가 유일했다.

그제야 뢰벨르는 자신이 너무 성급했다는 사실을 깨달았다. 자신을 소환한 리치를 완전히 소멸시키지는 않았지만 영혼만 남았을 뿐 그릇인 뼈다귀는 가루로 만들어 버리고 말았다.

뢰벨르는 닫히려는 소환진을 강대한 마기로 붙들어 두기는 했지만 이곳은 마기가 너무 옅어서 마족들이 넘어올 정도로 유지할 수는 없었다. 게다가 남은 소환 게이트의 크기가 설치류 정도나 통과할 정도로 너무 작고 상태 역시 불안정했기 때문이다.

하지만 방법이 없는 것은 아니다. 마기의 농도를 올려서 게이트를 현 상태로 유지한 후 힘을 회복하면 강제로 확장하면 된다.

문제는 소환된 뢰벨르가 마기가 전혀 없었던 이곳에서 사용할 수 있는 능력은 겨우 10분의 1 정도에 불과하며 그나마도 시간이 흐르면 빠르게 낮아진다는 사실이다.

더구나 닫히려는 게이트를 잡아 두는 데도 큰 힘이 필요했다. 어떻게든 힘의 원천인 마기를 늘려야만 했다.

뢰벨르는 그 문제를 서열전과 수많은 전투를 통해 얻은 전리품 중 라이프젬으로 해결하기로 했다.

라이프젬은 마족들의 심장에 생성되는데 호흡과 취식을

통해서 들어온 마기와 본래 타고난 마기를 혼합해서 심장에 보석의 형태로 축적되는 일종의 마정석이다.

또한 마족들은 뿔을 가지고 있는데 이곳에는 몸에서 받아들이지 못하는 마기가 축적된다. 그렇게 뿔에 모은 마기는 한동안 사용할 수 없지만 뢰벨르처럼 능력이 올라가면 여분의 힘처럼 사용할 수 있었다. 그래서 다른 마족을 죽이면 늘 라이프젬과 뿔을 챙겨 두었다.

뢰벨르는 라이프젬과 뿔을 특별한 방법으로 부수었다. 그러자 막대한 양의 마기가 방출되었고 뢰벨르는 정신을 집중해서 그 마기를 자신의 것으로 흡수하기 시작했다.

원래 같은 마족이라도 마기는 저마다 성질이 미세하게 다르기에 흡수를 한다고 해 봐야 3~5%에 불과하고 닫히려는 소환진을 유지하는 데 들어가는 힘도 있어서 흡수율은 현저하게 떨어졌지만 어쩔 수 없었다.

축적한 마기의 양이 늘어나면 자연스럽게 수명이 늘어나는 마족에게 있어 시간은 큰 문제가 아니었다. 뢰벨르 역시 이미 3천 년이 넘게 살아왔다.

뢰벨르가 흡수하지 못하는 마기는 외부로 방출이 되었지만 그건 신경 쓸 바가 아니었다. 마족인 그가 오래 활동하려면 마기가 농후한 대기 환경이 훨씬 좋았다.

그렇게 마기를 흡수하기 시작하던 뢰벨르는 문득 이곳에서 자신이 발휘할 수 있는 힘이 약해서 자칫 위험해질 수 있다는 판단을 내리고 흡수를 멈추었다.

뢰벨르는 레어 주위를 돌아다니며 사냥을 했는데 이곳의 생물들이 예상보다 더 강하다는 사실을 알게 되었다.

레어 주위에는 이전에 살았던 드래곤의 가디언이었던 언데드와 사령술사 리치가 연구를 하면서 만들었던 언데드들이 있었지만 만든 지 너무 오래되어서 약했다.

불안해진 뢰벨르는 사냥 도중에 우연히 발견한 스노족이 언데드를 만들 수 있는 능력이 있다는 사실을 확인하고 스노족을 모조리 잡아 와서 언데드를 더 만들도록 했다. 물론 재료는 리치가 모은 것과 새롭게 자신이 사냥한 사체로 충당했다.

그렇게 뢰벨르는 안전장치를 마련하고 본격적으로 라이프 젬에서 방출되는 마기를 흡수하기 시작했는데, 보름에 한 번 정도는 흡수를 멈추고 밖으로 나가서 언데드 제작에 필요한 재료를 공급했다.

인간의 시간으로 수십 년에 걸쳐 어마어마한 숫자의 라이프젬과 뿔이 방출한 마기를 흡수한 마족은 곧 붙들어 두기만 했던 소환진을 힘으로 확장할 수 있을 것 같아서 기분이 좋았다.

'이제 본래 힘의 8할을 회복했어!'

마기의 흡수를 끝낼 때가 되었다. 마침 라이프젬과 뿔도 얼마 남지 않았다.

'흐흐흐! 이곳에 자리를 잡으면 더 이상 눈치를 볼 필요가 없이 대마왕처럼 군림해야지.'

마계의 대마왕은 모두 10명이다. 마왕은 광대한 마계에서도 살기에 좋은 곳을 차지하고 수많은 마족 위에 군림하면서 뭐든 마음대로 하면서 살아간다. 영역 내에 존재하는 술, 여자, 피, 사냥, 보물 등 모든 것이 마왕의 것이라고 보면 된다.

뢰벨르도 이제 곧 그렇게 살 수 있다. 비록 서열로는 200위 권에도 들어가지 못했지만 말이다. 그의 고유 능력은 그것을 가능하게 만들어 줄 것이다.

뢰벨르는 당장이라도 마기의 흡수를 그만두고 게이트를 확장해서 휘하 마족들을 건너오게 하고 싶었지만 애써 그 마음을 눌렀다.

'압도적인 힘을 가져야 해!'

얼마 전 노예로 잡아들은 흰둥이들의 말에 따르면 이곳의 인간 중에는 드래곤을 상대로 싸우고도 도망을 칠 정도의 강력한 전투력을 가진 인간들도 있다고 했다.

비록 이 공간이 본래 세상에서 고립되어 다른 세상과 융합하고 있는 상태지만 어떤 강자가 있을지 알 수 없으니 남아 있는 라이프젬으로 마기를 최대한 늘려야만 했다.

마족답지 않게 인내심을 발휘한 뢰벨르는 그런 결정이 자신의 목을 조여 올 올가미로 작용할 줄은 꿈에도 몰랐다.

이제 막 뜨기 시작하는 해로 인해 빠르게 어둠이 걷히는 시각, 마침내 작업을 마친 가온은 이미 거대한 반원 형태의 언데드 필드 경계 중앙에 자리를 잡은 공략대 본영으로 귀환했다.

"화공 준비는 끝냈소."

"수고하셨습니다!"

기다리고 있던 공략대 수뇌들은 가온의 담담한 말에 경의를 담아 허리를 굽혔는데 다들 소리 없이 환호성을 질렀다.

자신들이 직접 석유를 정제하기까지 했으니 의미가 남다를 수밖에 없었다.

"그러면 저희는 언데드 필드를 포위하고 있다가 불을 피해서 도망쳐 나오는 언데드만 처리하면 되겠네요?"

"우리 전사들의 실력이 뛰어나기는 하지만 언데드들이 한꺼번에 도망쳐 나온다면 처리하기가 힘들 거예요. 피해도 많이 나올 거고요."

아레오의 말에 나가 퀸 예하가 조심스럽게 자신의 우려를 드러냈다.

"그렇긴 합니다. 언데드 필드가 워낙 넓기 때문에 포위망은 얇을 수밖에 없고 거대 마수나 몬스터를 재료로 만든 언데드가 한곳에 몰린다면 포위망이 뚫릴 수밖에 없습니다. 그렇다고 예비대를 운용할 정도로 전력이 충분한 것도 아니고요."

울바르 역시 이번 작전의 허점을 알고 있었다. 사실 둘레만 10킬로미터가 훨씬 넘는 언데드 필드를 고작 1만 6천으로 포위한 상태로 화공을 피해 도망치는 언데드를 모조리 소멸시키는 것은 불가능에 가깝다.

어느 한 곳에 언데드가 집중된다면 피해가 나는 것은 당연하고 포위망이 뚫려서 어느 순간 엉망이 될 가능성이 높았다.

예하와 울바르의 말에 수뇌들은 다들 곤혹스러운 얼굴이 되었다. 화공으로 30만이나 되는 언데드의 숫자를 크게 줄인다는 것에만 중점을 두었지, 포위한 상태로 놈들을 상대하는 것은 크게 신경을 쓰지 못했다.

'하아! 정령들만 소환하면 간단할 텐데.'

언데드는 판단력이 극히 낮다. 본능과 명령에 따라 움직이는 기계나 다름이 없었다. 그러니 앞을 가로막는 장애물만 있어도…….

'잠깐!'

좋은 생각이 났다.

"예하, 혹시 너희 일족의 주술사들이 땅을 움직일 수 있나?"

"가능하긴 하지만 물기가 많아야만 해요."

그렇다면 진흙은 충분히 움직일 수 있다는 말이다.

"포위망을 뒤로 물린다! 차링, 예하, 원소술사들과 나가족 주술사들은 강가의 진흙을 이용해서 언데드의 진로를 막을 수 있는 수직 벽을 세워! 큰 놈들은 따로 상대를 해야 하니 대략 사람 키 정도면 될 거야."

언데드 필드의 현재 경계에서 후방으로 300여 미터 뒤쪽에 강이 하나 있다. 사람 허벅지에 해당하는 낮은 수위지만 언데드 필드를 감싸 안고 흐르는 강으로 유속이 느려서 강가에는 수초가 자라는 영역, 즉 진흙층이 넓었다.

가온은 더 이상 설명하지 않았지만 사람들은 어떤 식으로 언데드를 상대해야 할지 머릿속에 그려지는 것 같았다.

"그럼 진흙으로 세운 방벽으로 언데드의 이동을 한 곳으로 강제한 후 방벽 위에서 언데드를 처리하면 되겠네요?"

"맞아. 그런데 굳이 방벽을 이을 필요는 없어. 진흙 방벽 사이에 일정한 간격으로 사람 서넛이 어깨를 나란히 하고 이동할 수 있는 폭의 작은 협곡을 만들어. 언데드가 강을 건너올 때는 화살로 상대를 하고 그 후에는 언데드가 협곡 안으로 들어오면 대원들이 양쪽 협곡 위에서 언데드의 머리통을 부수는 방식으로 처리하면 돼. 대신 병목이 생길 수 있으니 안으로 깊이 끌어들여서 처리하면 돼."

아레오의 물음에 대한 가온의 답변이 나오자 머릿속에서 상황을 그린 수뇌부의 얼굴이 환해졌다.

가온의 말대로 한다면 한꺼번에 접근하는 언데드를 상대하지 않아도 된다. 한 번에 기껏해야 서너 마리씩만 상대하면 되는 것이다.

　"그럼 마기에 오염된 리자드맨 전사들을 진흙 방벽 앞에 세워서 언데드가 자연스럽게 협곡 안으로 들어갈 수 있도록 할게요!"

　나가족의 예하는 시키지 않아도 자신들이 해야 할 일을 잘 알고 있었다.

　"그래. 그러면 협곡을 더 효과적으로 이용할 수 있겠네."

　단번에 진흙층을 끌어 올려 만든 방벽을 뛰어오를 언데드도 당연히 있겠지만, 리자드맨 전사들이 지키고 있으면 일부를 제외하고는 막히지 않은 협곡 안으로 향할 것이다.

　'협곡 지형을 제대로 이용하려면 대장님의 말대로 장병기가 아주 유용하겠어.'

　모두의 머릿속에 자연스럽게 떠오른 생각이다.

　장병기라면 마상도와 장창이 있다. 사거리가 길기 때문에 대원들이 언데드와 근접 거리에서 드잡이를 하지 않고도 코어가 있는 머리를 베거나 꿰뚫을 수 있었다.

　'아니지. 이런 상황이라면 메이스가 훨씬 더 위력적일 거야.'

　가온은 서둘러 모라이족 전사를 불러들였다.

　"무슨 일이신지?"

모라이족 전사를 대표하는 투들이 조심스러운 얼굴로 물었다.

"혹시 마상도나 장창을 메이스로 개조하는 데 얼마나 시간이 걸리겠소?"

곧 해가 완전히 뜨면 공략이 시작될 예정인데 이런 질문을 하다니 묻는 가온도 황당했지만 지금은 마상도나 장창보다 메이스와 같은 타격 무기가 더 유용했다.

높은 위치를 선점한 상태라면 코어가 있는 언데드의 두개골을 도나 창으로 베어 내거나 뚫는 것보다 부수는 것이 더 쉬웠다.

"철퇴의 크기에 따라 차이가 있겠지만 주먹 크기라면 금방 개조할 수 있습니다."

마상도는 원래 모라이족의 고유 능력으로 만든 무기다. 당연히 개조 역시 쉬울 수밖에 없었다.

"당장 작업을 시작하시오. 공략 전까지 최대한 많이 만들어 주시오."

"알겠습니다!"

투들은 아무런 질문도 하지 않고 바로 대답을 하고 밖으로 뛰어나갔다.

가온은 공략대원 중에서 손재주가 뛰어나거나 대장장이 일을 해 본 대원들을 선발해서 모라이족에게 붙여 주도록 지시했다.

그때 더 도움이 되는 일이 생겼다.

"진흙을 끌어 올려 벽을 세우는 정도는 우리 일족의 결계 술사 중에서 십여 명은 가능해요."

스노족의 헤르나인이 그렇게 말하자 예하와 차링의 안색이 밝아졌다.

아무리 대지를 움직이는 원소력과 주술력을 가지고 있다고 해도 두 일족만으로는 힘든 일이었기 때문이다.

"더불어 저희 스노족은 끌어 올린 진흙 벽에 감각을 혼란시키는 결계를 설치해서 언데드가 감히 오를 엄두도 내지 못하는 높이로 느끼도록 할게요."

그렇게 되면 병목이 생기더라도 감히 그쪽으로 오를 생각은 하지 못할 것이니 큰 도움이 될 것이다.

"그럼 전 협곡 안쪽에 간단한 신성진을 설치해서 놈들의 능력을 약화시킬게요. 대신 도움이 필요해요."

아나샤의 말에 가온은 차링 일행과 헤르나인 일행에게 할 일은 마친 후 그녀를 도와주도록 지시했다.

"그럼 빨리 작업을 시작하자고!"

가온의 말에 수뇌들이 뛰어나갔다. 마음이 급했다.

해가 뜨고 얼마 후 언데드 필드 안쪽으로 화염 덩어리가 날아갔다.

꽝!

폭발과 함께 발생한 화염은 바닥이 축축하게 젖을 정도로 뿌린 석유에 옮겨붙었고, 이내 수십 배로 커진 화염은 주위로 퍼져 나가기 시작했다.

끄르릇!

깨륵!

해가 떠 있는 동안 햇빛을 받지 않으려고 엎어져 있던 스켈레톤과 구울은 물론 멍하니 제자리에 서 있던 좀비들이 화염에 휩싸여서 기괴한 비명을 지르며 발광하기 시작했다.

언데드 필드로 날아가는 것은 파이어볼만이 아니었다. 언데드 필드를 포위한 공략대원들이 일제히 불화살을 날리기 시작한 것이다.

곧 언데드 필드 외곽에서 시작된 화염의 파도는 안쪽으로 향해 이동하기 시작했다.

'시작했군.'

하늘을 날고 있던 가온은 크게 선회를 하면서 언데드 필드의 안쪽부터 시작해서 반원을 그리며 전격 마법을 날렸다.

"체인 라이트닝!"

그런데 예상했던 것보다 전격 마법의 위력이 대단했다.

츠즈즈즈.

화르르르.

전격 마법이 필드를 촉촉하게 적신 가솔린 등 석유를 타고 빠르게 확산되는 과정에서 석유에 불이 붙은 것이다.

생각보다 더 강력한 전격 마법의 위력에 가온은 반원을 그리며 비행하려는 애초의 의도와 달리 넓은 간격을 두고 전격 마법을 날렸다.

공략이 시작된 지 불과 10여 분 만에 거대한 언데드 필드 전체가 불길에 휩싸였다.

죽은 상태임에도 불구하고 언데드들은 불길을 피하려고 이리저리 피해 봤지만 외곽에 있어 필드를 벗어난 경우가 아니면 몸에 불이 붙는 것을 피할 수 없었다.

그렇다고 필드를 벗어난 언데드가 안전한 것은 아니다.

겨우 강을 건너며 몸에 붙은 불이 꺼졌을 때 강가에 도열한 리자드맨 전사 2,500마리가 도망쳐 나오는 언데드를 향해 철퇴와 메이스를 휘두르며 맞이한 것이다.

리자드맨의 강력한 힘이 실려 있는 무거운 둔기는 코어가 있는 스켈레톤과 좀비의 머리통을 산산조각으로 부숴 버렸다.

물론 구울들은 뛰어난 민첩성과 빠른 주력으로 리자드맨 전사들 사이를 빠져나갔다.

원래라면 리자드맨들을 공격했어야 했지만 어떻게든 불길을 벗어나야 한다는 본능 때문에 맹목적으로 도망을 치는 것이다.

그런 구울들을 상대할 이들은 따로 있었다. 무려 1만 6천에 이르는 공략대가 놈들을 기다리고 있었다.

게다가 언데드를 상대할 진형은 이미 갖춘 상태였다. 원소술사들은 대지를 2미터 정도 위로 끌어 올려서 방벽을 만들었고, 30미터 간격으로 폭 5미터의 작은 협곡들을 만들었다.

결계술사들은 언데드가 방벽 위로 뛰어오르지 못하도록 감각을 혼란시키는 결계를 펼쳐 두었다.

공략대는 그런 지형적인 장점을 이용해서 한 번에 일정한 숫자만 상대할 수 있게 되었다.

구체적으로 협곡 위에 배치된 공략대원들은 철퇴와 메이스의 긴 사정거리를 이용해서 코어가 위치한 두개골 부위를 파괴하는 것으로 처리할 수 있었다.

언데드지만 화재로 인해서 주위를 제대로 살필 수 없는 환경에서 전력의 1할 내지 2할을 감소시키는 결계가 쳐진 협곡 안으로 들어온 언데드는 대부분 위에서 날아오는 철퇴나 메이스를 피하지 못하고 머리통이 부서져 소멸되었다.

구울들이 한꺼번에 달려든다면 모를까 이렇게 소수로 협곡 안으로 들어오는 놈들을 놓칠 공략대원들이 아니다.

공략대는 최소한 마나를 사용할 수 있는 능력을 가지고 있어 화재로 인해서 공격본능이 제대로 발현되지 않은 구울들을 상대로 제대로 된 공격을 격중시키고 있었다.

구울들은 화상을 입어 전투력이 떨어진 상태였기에 제대로 대응할 수가 없었다.

하지만 구울 중에서도 유달리 강한 놈들도 있었다. 재료가 샤벨타이거나 혼트롤, 혹은 다크오우거와 같은 놈들이다.

공략대원들은 그런 놈들을 굳이 상대하지 않고 협곡 안쪽으로 들여보냈다. 그곳에는 언데드의 능력을 약화시키는 신성진이 설치되어 있었고 백인장 이상이 포진하고 있었다.

언데드 필드 상공에서 전황을 살펴보는 가온은 내심 안도했다.

'스노족이 만든 언데드는 확실히 약하네.'

스노족은 언데드를 연성할 때 마족이 준 흑마석을 코어로 쓰기는 했지만, 자신들의 마나를 함께 주입해서 최대 효율을 발휘하지 못하도록 만들었다.

그래서 화재에 빠르게 대응을 하지 못하는 바람에 많은 숫자가 불에 타 버려 소멸했다.

그래서인지 화공의 효과는 더욱 높아졌다.

'필드의 경계와 가까운 데 있다가 운 좋게 화염을 피해서 밖으로 빠져나간 언데드는 대략 10분의 2, 3에 불과해!'

숫자로는 대략 3만에서 5만 정도인데 그 정도라면 공략대가 충분히 처리할 수 있었다.

문제는 화염의 바다에서 혼자 고고함을 자랑하는 거대한 숲이었다.

'아무래도 내려가서 직접 불을 붙여야겠다.'

관목이 대부분이기는 하지만 아무래도 숲이다 보니 전격

마법으로도 불이 잘 안 붙는 것 같아서 가온이 직접 내려가려는 순간이었다.

꽈앙! 꽝!

숲에서 엄청난 폭발음이 연속해서 터져 나오더니 이내 붉은 화염이 관목 사이를 뚫고 넘실거렸다.

그리고 그 화염은 엄청난 기세로 숲 전체로 퍼져 나갔는데 연달아서 강한 폭발이 일어났다.

'왜 폭발이 일어난 거지?'

─유증기가 폭발한 것 같아요.

마지막 공략이었고 여차하면 마법을 사용할 생각이었기에 가온을 통해 상황을 지켜보던 벼리가 그렇게 설명했다.

'유증기?'

─입자가 작은 기름방울로 안개 형태로 공기 중에 퍼져 있다가 고열이나 불꽃과 반응해서 폭발과 함께 화재를 일으켜요.

유증기는 생각지도 못했지만 숲이라는 환경 때문에 만들어져 밖으로 빠져나가지 못하고 갇혀 있다가 바닥에 뿌려진 석유를 타고 확산되는 불길에 반응한 것이다.

들인 노력에 걸맞은 최고의 결과가 나왔다.

한낮에 햇빛을 피할 수 있는 숲 안에는 주로 재료가 트롤이나 오우거와 같은 대형 구울들이 지내고 있었기 때문이다.

가온은 넘실거리는 화염의 바다가 되어 버린 숲 위를 날아다니며 상황을 제대로 파악하지 못하고 불길 속에서 이리저리 방황하는 거대한 몸집의 혼트롤 구울과 다크오우거 구울를 향해 마나탄을 발출했다.

퍽! 꽝!

음양의 반대 속성을 가진 화기가 담긴 마나탄은 목표를 타격하는 순간 폭발을 일으키며 단단한 두개골을 여지없이 산산조각 냈다.

거센 화염이 아니었다면 생전의 높은 감각을 어느 정도 유지하고 있는 대형 몬스터 구울들은 하늘에서 날아오는 마나탄을 피하거나 대처할 수 있었을지도 모르지만, 지금은 언데드도 공황에 빠질 수밖에 없는 상황이었다.

가온은 거대한 숲 위를 빠르게 날아다니면서 계속해서 마나탄을 날렸다.

화재로 인해 발생한 검은 연기는 심안 스킬로 충분히 극복할 수 있었다.

'많이도 만들었네!'

혼트롤 구울과 다크오우거 구울, 그리고 변이되기 이전의 아득한 옛날 사령술사 리치가 만들었던 스켈레톤과 구울의 숫자는 대략 1천여 기에 달했다. 그래서 그만큼 가온은 바쁘게 움직여야만 했다.

석탄층에 불이 붙었다.

전격과 화계 마법, 10만에 달하는 불화살 그리고 석유가 촉매제가 된 불은 꺼지기는커녕 계속해서 이어졌다.

언데드 필드의 손바닥 두께의 석탄층이 모두 타야 꺼질 거센 불길이었다.

언데드 필드를 가득 채운 화염에 불타 소멸한 언데드의 숫자는 20만이 훨씬 넘었다.

공략대원들은 번갈아 휴식을 취하며 결계와 협곡을 이용해서 언데드 필드를 탈출하는 언데드를 사냥했는데, 시간이 갈수록 지치긴 했지만 그만큼 사냥이 쉬워졌다.

"시커멓게 탄 놈들이 왜 이리 명줄이 긴 거야!"

공략대원 한 명이 뼛가루와 뇌수 등으로 지저분해진 메이스를 휘둘러 구울이지만 좀비나 스켈레톤과 비슷해진 오크의 머리통을 부수며 소리쳤다.

이제 공략대원들은 용케 거센 화염 속에서 도망쳐 나온 놈들을 처리하고 있었다. 대부분 중급 이상의 언데드였다.

"원래 한 번 죽었던 놈들이잖아. 코어를 파괴하지 않으면 끊임없이 움직이는 언데드고."

"징글징글하네, 정말!"

"그래도 1시간마다 교대를 하고 있으니 견딜 만해. 아직도 타고 있는 저 거대한 규모의 불이 아니었다면 우리는 지쳐서 쓰러졌을 거야."

"맞아. 게다가 대장님이 직접 저 검은 연기 속을 날아다니면서 거대 마수와 거대 몬스터로 만든 언데드를 때려잡고 계시잖아. 덕분에 우리는 이런 피라미만 상대하게 된 것이고."

십인장 이상은 철퇴나 메이스로 처리하기 힘든 언데드를 상대해야 했지만, 일반 전사들은 협곡 위에 서서 협곡 안으로 들어오는 스켈레톤, 구울, 좀비와 같은 하급 혹은 중하급 언데드만 처치하고 있으니 위험할 일은 별로 없었다.

물론 그럼에도 긴장을 풀었다가 휘둘렀던 무기가 언데드의 손에 잡혀 협곡 아래로 추락한 전사들이 없는 것은 아니었지만, 동료들이 재빨리 손을 써서 죽는 경우는 극히 드물었다.

"그나저나 레어 쪽에 고위급 언데드들이 몰려 있는 것 같은데 저놈들은 어떻게 처리를 하려나?"

언데드 필드를 가득 덮은 검은 연기 때문에 잘 안 보이지만 리빙 아머나 듀라한 혹은 키메라와 같은 고위급 언데드는 불을 피해서 마족이 있는 것으로 알려진 거대한 동굴 근처에 모여 거대한 군집을 이루고 있었는데, 다크오우거 구울과 같은 거대한 언데드가 그곳에 있어서 공략대원들도 그 사실을 알 수 있었다.

"그러게. 불이 꺼져야 놈들을 처리할 수 있을 텐데……."

대원들도 언데드 필드 대부분이 석탄이라고 하는 불붙는 돌로 이루어졌다는 사실을 들어서 알고 있었다.

"이대로 끝이 난다면 좋겠지만 그럴 리는 없겠지?"

"당연하지. 마족이 나타나면 상황이 바뀔 것이 틀림없어!"

마족을 죽여야만 던전이 클리어된다.. 그리고 마족이라면 아무리 지금까지 승기를 잡았다고 해도 결과를 장담할 수 없었다.

"부디 대장님이 마족을 죽이기를!"

이미 어느 정도 업적을 세운 대원들은 그런 간절한 소망을 담은 눈으로 검은 연기 속을 날아다니며 언데드를 사냥하는 가온을 주시했다.

공략대가 순조롭게 언데드를 정리하고 있을 때 가온은 날개를 투명 모드로 바꾸어 레어의 높은 상공에 떠 있었다.

'저놈들부터 처리해야겠네.'

원래 관목 숲에 있었거나 화염을 피해서 숲 안으로 들어갔다가 유증기로 인한 폭발과 순식간에 숲을 덮은 화재에 깜짝 놀라 레어 주변으로 몰려든 언데드의 숫자는 거의 5천에 육박했다.

문제는 놈들이 하나같이 고위급이라는 사실이다. 혼트롤이나 다크오우거를 베이스로 만든 구울들에 듀라한 그리고 다양한 키메라까지 있었다. 가온 혼자만의 힘으로는 도저히 해치울 수 없는 전력이다.

'석유를 뿌려서 처리를 할까?'

조밀하게 모여 있는 놈들의 머리 위에 석유 비를 뿌리고 불을 붙인다면 모조리 태워 죽일 수 있을 것 같지만 문제가 있었다.

'카오스와 카우마가 만든 석유를 사용하면 추가 보상을 받는 데 영향이 있을 수도 있고, 자칫 레어 입구에 펼쳐 둔 결계가 깨질 수도 있어.'

언데드들이 불길을 피해서 레어 쪽으로 몰려들게 되면 결계의 구동원인 순정석이 놈들의 발길에 차여서 튀어나와 결계가 깨질 수 있다.

아니, 다크오우거의 몸통에 혼트롤의 머리를 하고 있는 키메라 수십 마리가 달려들면 결계가 깨질 수도 있었다.

헤르나인의 말에 따르면 레어 입구에 설치한 결계는 오러를 동반한 물리적인 힘에 취약하다고 했다.

더구나 공략대 수뇌부가 정제한 석유는 모두 사용했다. 즉, 더 사용하게 된다면 카우마와 카오스가 힘을 합쳐 정제한 석유를 써야 하는데, 그렇게 되면 추가 보상에 차질이 생긴다.

'이동 결계로 사람들을 이쪽으로 데리고 올까?'

아니다. 한 번에 1천 명 정도는 이동시켜야 이놈들을 감당할 수 있었다.

순정석이야 충분하지만 아직도 언데드를 상대하고 있는 이들 중 고위급 언데드를 상대할 수 있는 실력자들을 차출하면 큰 피해가 발생할 것이다.

다른 수를 생각해 내야만 했다.

'아! 그래, 언데드는 언데드로!'

자신이 직접 만든 베헤모스 언데드라면 저놈들 중 상당수를 없애 버릴 수 있을 것이다.

가온은 곧바로 언데드 필드의 경계 부분 후방으로 향했다. 그곳에는 예비대로 분류되어 대기하고 있는 엘프 사령술사들이 다른 대원들과 함께 언데드를 상대하고 있었다.

예비대원은 엘프 사령술사를 포함해서 불과 100여 명만 남아 있었다. 나머지는 모두 전장인 인공 협곡으로 출동한 것이다.

'헤르나인!'

의념으로 부르자 전사들과 함께 언데드를 상대하고 있던 헤르나인이 달려왔다.

"이동 결계를 하나 만들어 줘야겠어."

"목적지와 이동 인원은요?"

헤르나인은 굳이 결계가 필요한 이유를 묻지 않았다.

"목적지는 스노족이 나온 바위 지대이고 인원은 열다섯 명 정도야."

혹시 몰라서 인원을 조금 늘렸다.

"고블린급 순정석 50개면 돼요."

"바로 설치해 줘."

가온이 순정석을 내주며 엘프 사령술사들을 불렀다.

"그대들은 이제 마족의 레어 근처로 이동할 거야."

"그럼 저희가 만든 언데드로 그곳에 모인 언데드를 상대하실 생각입니까?"

엘프 사령술사들을 대표해서 엔릴이 눈을 빛내며 물었다.

"맞아!"

"그동안 부지런히 만들어서 숫자는 꽤 되지만 그곳으로 피한 언데드는 상당히 고위급인 줄로 알고 있는데 괜찮을까요?"

"괜찮아."

엘프 사령술사들이 연성한 언데드는 미끼일 뿐이다. 진짜는 따로 있으니까.

그동안 엘프 사령술사들이 연성한 언데드는 주로 혼울프와 다크오크 구울이다.

구울들이 한데 뭉쳐 있는 언데드 무리를 향해 달려가자 그쪽에서는 약속이라도 한 것처럼 듀라한과 리빙아머가 튀어나왔다.

'제법이네.'

가온은 레어의 위쪽에 있는 큰 바위 위에 착륙해서 상황을 지켜보고 있었다.

듀라한이나 리빙아머와 같은 상급 언데드의 검격을 피하고 공격을 하는 것을 보면 중급은 넘을 것 같았다.

구울이 민첩하고 공격력이 높기는 하지만 급을 초월할 정도는 아닌데 참으로 신기한 일이다.

뭐 그래 봐야 견디는 수준에 불과하다.

시간이 좀 더 지나면 기사를 재료로 만든 듀라한과 기사의 원혼이 깃든 리빙아머의 검에 갈기갈기 찢겨 나갈 것이다.

엘프 사령술사들은 영혼과 연결되어 있는 언데드들이 소멸할 때마다 움찔거리며 얼굴이 창백해져 갔지만, 가온이 그들에게 원하는 것은 이미 달성되었다.

게다가 걱정을 했던 마족은 스노족이 레어 입구에 친 결계 때문인지 이런 소음에도 전혀 나타날 생각을 하지 않고 있었다.

이제 언데드들의 주의은 엘프 사령술사들이 연성한 언데드에 완전히 집중되어 있었다.

'한눈을 판 대가를 치러라!'

가온은 전용 아공간을 개방했다.

쿵! 쿵! 쿵!

거대한 몸집의 베히모스 구울들이 차례로 나왔다. 그리고 언데드들이 어떤 반응을 보이기도 전에 놈들을 향해 달려가기 시작했다.

몇 발자국을 걷기도 전에 놈들의 모습이 사라지고 곧이어 엘프 사령술사들의 언데드에 정신이 팔린 언데드들의 배후에서 나타났다.

초가속의 효과다. 얼마나 빠르게 가속을 했는지 중간 단계는 아예 보이지도 않을 정도였다.

베헤모스 특유의 초가속에 이은 몸통 박치기의 결과는 놀라웠다.

꽈앙!

가장 앞에 있던 듀라한과 리빙아머를 포함해서 한 번에 수백 마리의 언데드가 볼링핀처럼 사방으로 날아갔는데 떨어질 때는 온몸의 뼈가 다 으스러져서 납작 포가 되어 있었다.

물론 언데드측이 완전히 무력한 것은 아니다. 다크오우거나 혼트롤 혹은 거대한 몸집을 가진 키메라들은 베헤모스 구울을 향해 주먹을 날리거나 희미하게나마 오러 네일을 만들어 휘둘렀다.

그렇지만 거대한 몸집과 중량 그리고 초가속으로 인한 무지막지한 충격량을 감당하는 언데드는 드물었다.

베헤모스 구울과 부딪히는 언데드는 제 원형을 잃고 포가되어 소멸하거나 소멸하지는 않았더라도 움직이지 못하는 신세가 되었다.

베헤모스 구울도 연속되는 몸통 박치기로 인해서 대미지를 받아서 이마 부분의 경우 가죽과 살이 날아가고 뼈가 보였지만, 달리 언데드가 아니었다. 고통을 느끼지 못하는 놈들은 도망을 치는 언데드를 향해 또다시 달렸다.

베헤모스의 초가속에 의한 몸통 박치기가 얼마나 두려웠는지 일부 언데드는 자진해서 아직도 불타는 필드로 도망치기도 했다.

그래도 고위급 언데드답게 강력한 공격력을 가지고 있어서 베헤모스 구울도 대미지가 누적되고 있었다.

이마뼈에 금이 가고 온몸에는 오러네일에 당한 상처가 늘어나고 있었다.

거기에 혼트롤 언데드의 뿔에서 날아간 전격도 베헤모스 구울의 몸을 엉망으로 만들고 있었다.

그렇다고 가온이 베헤모스 구울에게만 언데드를 맡겨 놓은 것은 아니다.

하늘 높이 올라간 가온은 언데드가 모여 있는 곳으로 거대한 바위를 떨어뜨렸다. 베헤모스 구울로 인해서 비행을 하면서 마나탄을 날리는 것은 조금 어려워졌기 때문이다.

쿠앙!

나가의 하반신에 혼트롤의 상반신을 하고 있는 키메라 두 마리가 하늘에서 떨어진 거대한 바위에 온몸이 짓이겨졌다.

뼈가 부서지고 가죽과 근육이 끊기는 상처에도 불구하고 여전히 초가속에 이은 몸통 박치기를 하는 베헤모스 구울들과 엘프 사령술사들이 만든 1천여 기의 언데드에 정신이 팔려 있던 마족의 언데드들은 하늘에서 떨어지는 바위를 아예 감지하지 못하고 바위에 납작한 포가 되어 버렸다.

가온이 노리는 언데드는 뿔을 통해서 전격을 방출하는 혼트롤 구울과 어떤 능력을 사용할지 알 수 없는 키메라들이다.

'데스 나이트가 없어서 다행이네!'

그런 놈이 있었다면 자신이 그랬듯 베헤모스 구울의 몸통 박치기로는 어쩔 도리가 없었다.

그렇게 차근차근 언데드를 소멸시키던 가온은 문득 영혼과 이어진 끈 하나가 끊기며 순간적으로 강렬한 두통을 느꼈다.

'베헤모스 구울 하나가 소멸했군.'

하필이며 다크오우거 구울들에게 둘러싸여 초가속을 할 여유를 잃은 상태에서 앞발톱들에 생성된 오러네일들이 머리통을 뚫고 깊이 박혔을 뿐 아니라 두개골 내부를 온통 휘젓는 바람에 코어가 부서졌다.

고위급 언데드들은 사기가 올랐는지 나머지 베헤모스 구울들을 향해 달려들었다.

'흠. 곤란하군.'

기세를 타도록 놔두면 위험했다. 어쨌거나 이곳은 마기가 농후해서 상대측이 유리했기 때문이다.

그렇다고 심각할 것은 없었다. 이제 겨우 한 구가 소멸되

었을 뿐이다. 상대측 언데드는 무려 1천여 구가 넘게 박살이
난 상태고.

가온은 망설이다가 비행 마수로 제련한 스켈레톤과 구울
을 모두 꺼냈다.

꾸어어어엇!

비행 마수 구울들은 소름 끼치는 피어와 함께 살기를 발출
하면서 대형 언데드들을 향해 날아갔다. 그리고 그 뒤를 따
라 뼈만 남은 스켈레톤 비행 마수들이 날아갔다.

가온은 계속해서 아공간에서 바위를 꺼내어 염력으로 목
표를 향해 날렸다.

하피 구울이 키가 5미터가 넘는 키메라를 발톱으로 잡아
채더니 하늘 높이 올라갔다.

키메라는 어떻게든 벗어나려고 난리를 쳤지만 구울의 베
이스인 하피는 원래 잡아채는 힘만큼은 그 어떤 비행 마수보
다 강했다.

하피 구울은 던전의 천장 가까이 올라간 순간 키메라를 놓
았다.

꽝!

떨어진 키메라는 어떻게든 균형을 잡으려고 했지만 속수
무책이었고 결국 바닥의 또 다른 키메라와 부딪혔다.

그리고 피어난 작은 먼지구름이 가라앉자 그곳에는 살과
뼈의 잔해만 남아 있을 뿐 키메라는 더 이상 보이지 않았다.

다른 비행 마수 구울들은 부리와 발톱에서 오러네일을 생성해서 고위급 언데드와 키메라들을 공격했는데 베헤모스 구울부터 시작해서 홉고블린 구울과 다크오크 구울 그리고 혼트롤 구울들에게 정신이 팔려 있었기 때문에 제대로 된 대응을 하지 못한 채 부서지고 있었다.

가온은 이쪽은 50마리 정도로 충분하다고 생각해서 나머지는 언데드 필드의 다른 곳으로 보내며 되도록 강한 언데드를 처리하도록 명령을 내렸다.

명령을 받은 비행 마수 구울과 스켈레톤들은 석탄층 중에서도 아직 불이 붙지 않은 곳에 모여 있는 언데드를 공격하기 시작했다.

언데드들도 필사적으로 저항했지만 애초에 승부는 정해졌다. 언데드가 비행할 수 있다는 것은 지상의 불과 열기에 영향을 거의 안 받는다는 의미이기 때문이다.

비행 마수 구울과 스켈레톤은 일정 범위를 벗어나지 못해서 소극적으로 대항할 수밖에 없는 적을 마음껏 유린했고, 도망치던 놈들은 타오르는 석탄불과 열기에 얼마 가지 못하고 온몸이 새까맣게 타 버렸다.

물론 그런 몰골을 하고도 열심히 움직이려고 했지만 오래 불길에 노출된 놈들은 아예 재가 되고 있었다.

해가 졌다. 하지만 아직도 언데드 필드에서 나오는 언데드의 행렬은 계속 이어지고 있었다. 불에 탄 처참한 몰골이 대부분이었지만 달리 언데드가 아니었다.

언데드의 숫자가 줄어서 2교대에서 3교대로 바꾸어 휴식을 했지만 공략대원들도 빠르게 지쳐 갔다.

고통을 느끼지 못하기 때문에 제대로 코어를 부수지 못하면 오히려 부상을 입거나 죽을 수도 있는 언데드를 상대하고 있기에 긴장을 풀 수 없어서 심신의 피로가 극에 달한 것이다.

젊은 전사들 중 일부는 피로감을 이기지 못하고 깜빡 졸거나 동료의 몸에 기대지 않고서는 제대로 서 있지도 못할 정도로 지친 상태였다.

이렇게 장시간 싸워 본 경험 자체가 없었거니와 초반에 흥분해서 날뛴 반작용이었다.

하지만 십인대장이나 오십인대장들이 수시로 외치는 소리에 긴장을 풀 수도 없었다.

"이럴 때일수록 더욱 긴장해야 해! 지금까지 쌓은 업적을 통으로 날려 버리고 싶은 놈들은 없지? 갓상점에 대한 접속권을 얻어야 지금 경지를 빠르게 넘을 수 있다는 것을 기억하라고!"

"마지막이야! 방심하면 끝장이다! 더 긴장하라고! 뭔가 몸이 이상하다 싶으면 단검으로 표나지 않는 부위를 찔러!"

사실 제국의 전사들도 막대한 사상자를 낸 이 위험한 던전에 들어와서 극소수를 제외하고는 지금까지 멀쩡한 것만 해도 천운이다.

공략대장인 가온과 기기묘묘한 전술을 짠 참모들 그리고 신기한 능력을 보유한 본부대원들이 아니었다면 죽은 자가 벌써 1천 단위 이상 나왔을 것이다.

그런 사정은 이전에 제국 전사단과 함께 7차에 걸쳐서 이 던전을 공략했던 전사들이 수시로 말해 주어서 잘 알고 있었다.

그럼에도 피해가 쌓이기 시작했다. 사망자는 별로 없었지만 크고 작은 부상을 입은 전사들이 연신 후방으로 이송되어 아레오와 아나샤를 포함한 본부대원들로부터 치료를 받고 있었다.

낮은 방벽 앞을 지키고 있었던 리자드맨 전사들은 이미 모두 죽어 버렸다.

마기에 오염된 놈들이라서 나가족이 정신 지배를 통해 부리고 있었어도 꽤 오래 함께했기에 마음 한쪽이 좀 불편했지만, 방심하면 그런 꼴이 될 수 있다는 생각에 정신을 차리려고 최선을 다했다.

⟨⟨⟩⟩

레어 입구의 설치된 결계에 붙어서 안팎의 마기를 흡수하던 모둔은 이제 언데드 필드 중심부 상공에 자리를 잡은 가온의 어깨 위에 올라가서 열심히 에너지를 모아 마나 저장구를 채우고 있었다.

'사기가 이렇게 충만하다니 정말 사령술사들에게는 보물과도 같은 곳이야.'

사기뿐이 아니었다. 마기 역시 엄청났는데 언데드 필드에는 두 기운이 섞여 있어서 분리 과정은 필수적이었다.

아마 모둔이 아니면 이런 방식으로 분리해서 흡수할 수 없었을 것이다.

모둔은 그렇게 마기와 사기를 흡수해서 마나 저장구에 채우는 중에도 가온의 다른 쪽 어깨 위에 앉아서 마기를 흡수하느라 여념이 없는 앙헬을 흘겨보았다.

'요망한 것!'

앙헬은 가온에게 간곡하게 부탁을 해서 모둔이 흡수하는 마기의 일부를 자신이 흡수할 수 있는 기회를 잡았다.

그래서 모둔은 싫었지만 그녀에게 일정한 양의 마기를 넘겨주고 있었다.

'감히 마족 주제에 온 님의 옆자리를 탐내다니!'

가온에게 속해 세상을 구경하고 다양한 인간의 감정을 느낀 모둔은 어느 순간부터 자신의 정체성을 확립하고 있었다.

'나는 온 님이 아끼는 여자가 될 거야. 신좌에 오를 가능성이 높은 분이니 내가 전력으로 도와야 해!'

원래 모둔은 오랜 시간을 살아온 만큼 다른 정령들과 능력 자체가 달랐다. 그래서 다른 정령들과 달리 최근에 언제든 현신할 수 있는 실체화된 육체를 구현할 수 있었다. 자신 역시 아레오나 아나샤처럼 가온과 늘 함께하고 싶었기 때문이다.

아직 속마음을 밝히지는 않았지만 가온이 그녀를 매우 중히 여기고 있고 열심히 인간 여성의 다양한 매력을 연구하고 있으니 언젠가는 그의 옆자리에 당당하게 설 거라고 생각하고 있었다.

가온은 계약을 한 정령이라고 해서 노예처럼 여기지 않는다.

카오스나 마누의 경우 몇 번 가온의 마음을 흔들기도 했다. 물론 자신 역시 가온의 마음을 흔든 적이 있었다.

그렇기에 자신의 여성성을 계속해서 피력한다면 언젠가는 가온의 사랑을 받을 수 있었다. 그녀는 수명에 제한이 있는 인간이 아니니 말이다.

그런 모둔의 마음을 불편하게 만드는 존재는 여럿이지만 그중에서도 앙헬이 가장 신경 쓰였다.

'존재 자체로 상대를 유혹하는 능력을 가지고 있기도 하지만 온 님의 정(精) 한 조각을 이미 가지고 있어.'

필시 꿈속의 교합을 이용해서 온의 정을 흡수했을 것이다.

가온은 짐작도 못 하겠지만 앙헬은 그 덕분에 마족이 아니라 인간 혹은 마왕이 될 수 있는 발판을 마련할 수 있었다.

'그래도 내가 가장 빨리, 그리고 가장 오래 온 님의 곁에 머물 거야!'

모둔이 파악한 인간의 성향 중 하나는 상대에게 쉽게 질린다는 것이다.

영혼의 파장이 잘 맞을 경우 상대에게 쉽게 질리지 않지만 그런 경우라고 하더라도 끊임없이 상대의 마음을 끌 수 있는 새로운 모습을 보여 주어야만 했다.

즉, 상대의 변함없는 사랑을 받기 위해서는 끊임없이 노력을 해야만 했다.

물론 가온은 영혼이 금강석처럼 단단한 사람이었기에 쉽게 마음이 바뀌거나 질리는 사람은 아니다.

그래도 자신이 유리했다. 아레오와 아나샤 그리고 다른 차원에 있는 투파란이라는 여자는 수명이 유한한 존재지만 자신은 가온의 삶이 끝나는 순간까지 함께할 수 있는 존재였다.

모둔은 지금 당장 가온의 마음을 사기보다는 아주 먼 미래까지 바라보며 자신을 가꾸어야 한다고 생각했다.

그래서 가온의 마음을 사로잡은 아레오, 아나샤, 투파란을 끊임없이 연구하는 한편 자신만의 매력을 개발하고 있었다.

그래서 모둔은 밖에 나와 있을 때는 의식의 편린을 사방으로 퍼트려서 인간 여성의 다양한 모습에 반응하는 인간 남성의 반응을 수집하고 있었다.

하지만 지금만큼은 앙헬을 유심히 분석하기 시작했다. 태생적으로 상대를 유혹하고 극도의 쾌락을 안겨 주는 서큐버스 퀸의 능력을 엿보려는 것이다.

인간에게 성(性)이란 무시할 수 없는 중요한 부분이었기 때문이다.

어느새 새벽이 깊어졌다.

강을 경계로 언데드 필드를 포위한 상태로 언데드를 처리하는 공략대원의 수는 이제 크게 줄어들었다. 필드 밖으로 나오는 언데드의 숫자가 현저히 줄어들었다.

심신의 피로가 극에 이른 젊은 전사들은 모두 후방으로 보내고 십인장 이상만 남아서 수가 크게 줄어든 언데드를 처리하고 있었다.

그에 반해서 정오 무렵을 기점으로 빠르게 수가 줄어든 고위급 언데드는 보기가 힘들었기에 단장과 부단장 그리고 참모들은 손을 놓고 있었다.

언데드가 거의 토벌된 상황임에도 불구하고 그들의 안색은 여전히 굳어 있는 상태였다. 신경 쓰이는 일이 있었다.

"대장님 쪽은 어떻게 되어 가나?"

아직도 피어오르는 검은 연기로 인해서 레어 쪽은 보이지 않았지만 불길을 피해 도망친 고위급 언데드들이 그쪽에 몰려 있다는 것은 이미 알고 있었다.

"지원이라도 가야 하는 거 아닌지 모르겠습니다."

그쪽으로 지원을 가는 것은 이동 결계를 만들 수 있는 스노족이 있기에 언제라도 가능한 일이었다.

"아니야. 대장님이 말씀하신 대로 이곳에서 대기한다. 뭔가 변화가 생기면 통신기로 연락을 하실 거야."

울바르가 그렇게 분위기를 다잡았지만, 그 역시 내심 걱정을 하고 있었다.

'아무리 언데드로 언데드를 상대한다지만 격이 다른데 정말 괜찮을까?'

그래도 가온이 직접 연성한 베헤모스 구울을 생각하면 조금 안심이 되지만 수 차이가 워낙 많이 나기에 그 역시 걱정을 할 수밖에 없었다.

그때 예하의 몸이 부르르 떨었다.

"왔다!"

통신이 들어오면 통신기는 격렬하게 진동을 한다.

"네, 대장님!"

예하는 품에 넣어 두었던 통신기를 꺼내 들며 자신도 모르게 아레오와 아나샤를 빠르게 쳐다보다가 응답을 했다.

"이쪽은 막바지인 것 같아요. 필드 밖으로 나오는 언데드의 숫자가 현저히 줄었어요. 네? 알겠어요!"

짧게 통화를 끝낸 예하의 입에 이목이 집중되었는데, 아레오와 아나샤의 눈빛은 다른 이들과 조금 달랐다.

"대장님께서 말씀하시길 그쪽 언데드는 모두 정리했으니 이동 결계를 사용해서 세 명을 제외한 단장님들과 두 참모님, 본부대의 별동대 대장들 그리고 우리 일족의 나가라자까지 건너오라고 하셨어요."

예하가 전한 승전보에 별동대 대장의 직위를 가지고 있는 헤르나인, 시르네아를 포함한 열 명의 하이엘프들의 얼굴이 환해졌다.

레어 진입

가온이 레어 주위로 몰려들었던 언데드를 모두 해치웠다는 승전보에 공략대 수뇌부는 크게 기뻐했다.

"다행이네요, 혼자 마족을 처리하시려는 줄 알았는데."

"아무래도 레어 안으로 잠입해서 마족을 처단하실 생각인 것 같네요."

"마족이 결국 끝까지 결계로 인해 바깥 상황을 알아차리지 못해서 다행이야."

상황이 이렇게 될 때까지 마족이 레어를 나서지 않았다는 사실이 그것을 증명한다. 그리고 그건 그만큼 스노족의 결계가 얼마나 위력적인지를 알려 주었다.

"스노족의 결계가 정말 대단하네!"

사람들의 이목이 자신에게 쏠리자 헤르나인이 살짝 얼굴을 붉혔지만 금방 원래 신색(身色)을 회복했다.

　'정말 이상하네. 마기가 밖으로 방출되지 않았다면 분명히 마족이 알아챘을 텐데……'

　레어 입구에 친 결계는 물리적인 힘뿐 아니라 마나의 유동을 막는 효과가 있었다.

　그래서 원래 밖으로 방출되어야 할 마기는 내부에 그대로 남아서 농후해졌을 텐데, 마족이 왜 알아차리지 못했는지 헤르나인도 이해할 수가 없었다.

　'일단 가 보면 알겠지.'

　손가락 끝에 생긴 콩알 크기의 검은 구슬을 날려 선대 로드이자 수호 전사의 머리통을 날리는 방식으로 처참하게 죽인 마족은 후계자였던 그녀를 손가락질로 불렀다. 그리고 그녀는 살기 그 이상을 뿜어내는 마족의 시선에 영혼까지 굴복해서 기꺼이 노예가 되었다.

　헤르나인은 그 길만이 일족의 안위를 담보할 수 있다는 판단을 내렸다.

　그리고 다행스럽게도 마족은 더 이상 손을 쓰지 않고 가족들을 인질로 잡고 결계술사들에게 언데드 제작을 맡겼다.

　헤르나인은 가온이 마족과 과연 대등하게 싸울 수 있을지 확신할 수 없었다.

　'그래도 내가 본 인간 중에서는 가장 강해!'

단순히 강한 것이 아니었다.

무력도 무력이지만 도무지 생각이라곤 찾아볼 수 없는 전사들과 달리 머리가 좋아서 무려 30만에 이르는 언데드까지 이렇게 소멸시킬 정도의 뛰어난 전술을 생각해 내기도 했다.

그와는 내연 관계인 것으로 생각되는 마법사인 아레오와 사제인 아나샤도 전술을 짜는 데 큰 도움이 되기는 했지만, 큰 그림은 그가 다 그렸다.

또한 불타는 돌과 불타는 물의 존재까지 알고 있을 정도로 지식도 굉장히 뛰어나다.

공략대에도 무려 1만 6천에 달하는 인간들이 있었지만 그 누구도 그보다 더 강하거나 더 머리가 좋지는 않았다. 아무튼 확실한 건 그가 헤르나인이 선대로부터 전해 들은 인간의 범주에서 벗어난 존재라는 점이다.

'더구나 지금은 나와 내 일족의 주인이기도 하고.'

언제든 일방의 요구로 해제할 수 있는 가벼운 계약이기는 하지만 그녀는 물론 일족 누구도 가볍게 생각하지 않는다.

노예 신세가 되어 가족과도 만날 수 없었던 스노족을 구해서 안전을 확보해 주었을 뿐 아니라 풍요로운 땅에서 살 수 있게 해 준 은인이다.

헤르나인은 가온이 목숨을 요구해도 아무 고민 없이 줄 수 있었다. 명색이 일족의 로드이자 수호전사인 자신이 해야 할 일은 가온이 해 주었기 때문이다.

"다 왔군. 내려가지!"
마족을 상대할 이들이 이동 결계로 이동하자 기다렸던 가
온은 곧바로 모라이족이 파 두었던 땅굴로 향했다.
뭔가 설명을 들을 거라고 생각했던 사람들은 뭔가 빠진 것
같다는 생각에 주위를 한번 둘러보고는 그의 뒤를 따랐는데
놀란 표정이 역력했다.
'그 많던 언데드가 모조리 소멸됐어!'
레어 앞쪽에는 수천 구의 사체가 널려 있었는데 7할 이상
은 마치 거대한 바위에 깔린 것처럼 처참한 형상을 하고 있
었다.
더욱 놀라운 것은 그들로서도 힘들게 사냥했던 혼트롤이
나 다크오우거로 만든 구울이 적어도 수백 구나 된다는 사
실이다. 기괴하고 흉측한 모습의 키메라는 그 이상으로 많
았고.
'아무리 언데드가 생전의 능력을 7할에서 8할밖에 발휘할
수 없다고 해도 이건 말이 안 되는데.'
혼자서, 아니, 사령술사 열 명이 만든 언데드를 사용해서
이런 결과를 만들어 냈다는 건 눈으로 보면서도 믿을 수가
없었다.
'대체 무슨 수로?'

다들 그런 의문이 마치 거대한 돌처럼 머리를 짓누르고 있어 아무 말도 하지 못하고 가온의 뒤만 묵묵히 따랐다.

얼마 후 그들은 한때는 가디언들이 지내던 공간이었으며 최근까지는 스노족 사람들이 갇혀 있었던 거대한 공동 안에 도착했다.

"자, 모여 봐요."

가온의 말에 사람들은 그의 앞에 큰 반원을 그리며 섰다.

"일단 앉아서 간단하게 식사부터 합시다."

가온은 먼저 아공간에서 빵, 물, 포도주 그리고 육포를 꺼내 사람들에게 나눠 주었다.

이제까지는 긴장으로 인해서 배고픈지도 몰랐던 이들은 음식 냄새에 허기를 느끼고 허겁지겁 식사를 하기 시작했다.

"먹으면서 들어요. 식사 후에 이곳에서 레어로 올라가는 길에 있을 언데드를 정리한 후 레어로 올라가서 마족을 처단할 겁니다. 먼저 아나샤는 스노족 결계술사들의 도움을 받아서 현재 마족이 있는 공간을 제외한 모든 곳에 홀리필드진을 설치해 줘."

마족과 싸우는 와중에 이곳까지 도망을 칠 수도 있으니 이곳까지 홀리필드진을 설치해 두는 것이 좋았다.

그 말과 함께 가온이 내민 것은 묵직한 가죽 주머니였다.

"이건 뭐예요?"

"꺼내 봐."

가죽 주머니 안을 살펴본 아냐샤가 고개를 갸웃하더니 내용물 중 하나인 작은 구슬을 꺼내고는 입이 떡 벌어졌다. 엄청난 양의 친숙한 힘이 구슬에서 흘러나오고 있었다.

"이, 이건?"

"성물이 부족할 것 같아서 신성력을 담아 봤어."

그동안 딱히 신성력을 쓸 일이 없어서 시간이 날 때마다 빈 마나 저장구에 신성력을 채워 두었다.

남는 것이 신성력이었으니 말이다. 개당 3만에 해당하는 신성력을 담은 구슬 300개라면 드래곤의 레어가 아무리 크다고 해도 커버할 수 있을 것이다.

"맡겨 줘요!"

놀란 것도 잠시 아냐샤는 결연한 얼굴로 대답했다.

"주의할 점은 내가 의념으로 신호를 하면 차례로 진을 활성화시키는 거야. 이곳은 내가 시간을 맞추어서 활성화시키도록 할게."

미리 홀리필드진을 활성화시키면 마족이 알아차릴 것이다.

"예하와 헤르나인, 아레오는 아냐샤를 지켜 줘."

세 사람은 조금 불만인 얼굴이었지만 묵묵히 고개를 끄덕였다.

"나머지는 혹시 모를 마족의 권속을 상대하거나 그게 아니면 나와 함께 마족을 칠 겁니다. 전자의 경우 개별적으로 대응하면 되고, 후자의 경우 준비를 하고 있다가 신성력을 감지하고 밀실에서 놈이 나오는 순간 일격을 가하고 활성화되는 홀리필드진을 따라서 레어 밖으로 나가면 됩니다."

마족의 전투력이 얼마나 강한지는 알 수 없지만 최소한 소드마스터 중급의 경지인 단장들이 동시에 공격하면 초반에 상당한 타격을 안길 수 있을 것이다. 가온은 그 후 혼자서 마족을 상대할 생각이다.

"저희들도 함께하겠습니다!"

울바르였다. 그는 가온이 검환을 구사하는 것을 확인했지만 상대가 마족이라면 합공을 해야 한다고 생각하고 있었다.

"아닙니다. 첫 공격으로 놈의 전력을 어느 정도 약화시키면 나 혼자서 감당할 수 있습니다."

마족이 검환에 해당하는 지환을 자유롭게 구사했다는 말을 통해서 자신보다 더 강할 것이라고 예측은 했지만 가온은 자신이 있었다.

'여차하면 동귀어진이라도 하지 뭐.'

자신의 목숨은 하나가 아니다. 레벨 하락은 물론 일부 아이템까지 잃겠지만 바로 부활이 가능하다.

'문제는 부활했을 때의 상태인데 설마 죽을 당시와 동일하지는 않겠지.'

다른 플레이어들의 경우를 보면 장착하고 있던 아이템 중 일부가 사라지고 레벨이 다운되지만 그래도 멀쩡한 상태로 부활한다.

자신의 경우는 특전으로 인해 좀 특별하기에 다를 가능성이 아예 없는 것은 아니지만 그래도 동일할 것으로 믿었다.

'설마 세 번 이상 죽겠어?'

마족의 능력은 알 수 없지만 가온은 자신의 현재 실력이라면 몇 번의 죽음을 각오하면 충분히 사냥할 수 있을 거라고 믿었다.

식사를 한 후 잠시 휴식을 취한 가온 일행이 본격적으로 움직였다.

"자! 시작합시다!"

가온의 지시가 떨어지자 아나샤와 스노족 결계술사들은 힘을 합쳐서 홀리필드진을 설치하기 시작했다.

방위와 각도, 거리를 별다른 도구도 없이 정확하게 측정할 수 있는 스노족 결계술사들에게는 너무나 쉬운 작업이었다.

오래전 골드드래곤이 살아 있을 때 수많은 가디언들이 지내던 이 거대한 공간은 곧 거대한 홀리필드진의 무대가 되었다.

홀리필드진은 진 자체보다는 성물이 코어가 되어 작동하는 단순한 형태이기 때문에 작업 속도는 엄청나게 빨랐다.

순식간에 거대한 공간에 홀리필드진을 설치한 아나샤와 스노족 결계술사들은 가온을 따라 레어 위쪽과 연결되는 통로로 향했다.

통로는 숨이 막힐 것처럼 짙은 마기로 가득했다. 농도가 얼마나 높은지 안개처럼 통로를 가득 채워 안이 보이지도 않는 마기는 마치 살아 있는 마수처럼 살기와 투기를 뿜어내는 것 같았고, 실제로 마족이 아닌 존재가 이 통로로 들어가면 마수화가 진행되어 버린다.

통로를 가득 채운 마기는 그 자체가 엄청난 힘을 가지고 있었다. 생물의 심혼을 억압하고 공포를 유발하는 효과를 가지고 있었기 때문이다.

헤르나인의 말에 따르면 그냥 마수화만 되는 것이 아니라 육체가 마기를 감당하지 못하고 결국 폭발하고 만다고 했다. 스노족 일부가 직접 겪은 비극을 통해 알게 된 참혹한 진실이었다.

대원들은 가온에게 이 통로의 마기를 처리할 능력이 있다는 사실은 짐작했지만 구체적으로 어떤 것인지는 감히 추측할 수 없기에 다들 눈을 부릅뜨고 지켜보았다.

하지만 그들의 기대에 부응하는 특별한 일은 벌어지지 않았다.

누구보다 농후한 마기의 무서움을 잘 알고 있는 헤르나인은 가온이 허리에 차고 있는 가죽 주머니에서 투명한 구슬 100여 개를 꺼내더니 마기 안개로 가득 찬 통로 안으로 던지는 것을 보고 의아함을 감출 수 없었다.

'대체 저 구슬이 뭐지?'

기대한 어떤 행동이 아니라 단순히 구슬들을 통로에 던지고 뭔가 기다리는 가온의 행동을 헤르나인은 도무지 이해할 수가 없었다.

사제라는 아나샤가 나서는 것도 아니고 신성력을 이용한 어떤 행위도 없었기 때문이다.

그런데 이해할 수 없는 일이 벌어졌다.

'마기가 옅어지고 있어!'

마치 살아 있는 것처럼 통로를 가득 채우고 심혼을 억압하던 마기 안개가 빠르게 옅어지고 있었다.

이제까지 보이지 않았던 통로의 벽과 바닥이 눈에 들어오기 시작한 것이다.

'설마 저 구슬이 마기를 흡수하는 건가?'

당연한 추측이지만 진실은 좀 달랐다. 마기가 흘러나오는 방에 붙어서 마기를 흡수함으로써 레어 안쪽의 마기 농도를 일정한 상태로 유지하고 있던 모둔이 분심(分心)과 같은 능력을 사용해서 빈 마나 저장구에 마기를 채워 넣어 압축시키는 중이었다.

다들 신기해서 가온에게 물어보고 싶었지만 막상 묻는 사람은 없었다. 상황도 상황이지만 어디서 구했는지는 대충 짐작하고 있었기 때문이다.

'역시 갓상점! 온갖 신기한 아이템이 다 있는 곳이야!'

그래서 더욱 던전을 빨리 공략하고 싶었다.

꧁❦꧂

통로를 가득 채운 마족의 마기가 사라지자 가온은 먼저 비스듬하게 위로 뚫린 안으로 들어가서 농후한 마기로 가득한 마나 저장구를 챙기며 위로 올라갔다.

바로 위층, 즉 드래곤의 레어까지는 꽤 많이 걸어야만 했다. 경사가 가파르지 않아서 그런지 200미터 이상 걸어 올라간 후에야 위층에 도착한 것이다.

"훗!"

누군가 낮은 탄성을 흘렸다. 과연 드래곤의 레어답게 어마어마하게 큰 공동이 나타났기 때문이다. 높이가 무려 200여 미터에 장축의 지름이 500미터에 달하는 거대한 타원형의 공간이었다.

'엄청나게 화려하네!'

오래전에 세상에서 사라진 골드드래곤이 황금을 포함한 보석을 좋아한다는 이야기를 연상할 정도로 공동의 상태는 화려했다.

바닥은 대리석이 깔려 있었고 매끄럽게 다듬은 벽과 천장에는 다양한 벽화가 새겨져 있었으며 곳곳에 발광석을 포함한 커다란 보석들이 박혀 있어서 무척 환했다.

공동 곳곳에 드래곤과 다양한 종족의 형상을 하고 있는 거대한 석상들이 서 있었고 공동의 안쪽 벽을 따라 열한 개의 방이 있었는데 현재는 모두 문이 닫혀 있는 상태였다.

지금 골드드래곤의 레어이자 지금은 마족의 거처가 된 공동의 모습에 정신이 팔려 있는 대원들은 잘 모르지만, 이 공동에는 농후한 마기로 채워져 있었던 것을 모둔이 이미 모두 흡수한 상태였다.

가온은 공동의 크기나 화려함에는 관심이 없었다. 주위를 빠르게 훑어보더니 곧바로 마족이 있다는 밀실의 위치를 확인했다.

'모둔이 저곳에 있는 것으로 보아 가장 중앙에 있는 방에 마족이 있군.'

폭 10미터, 높이 15미터의 거대한 문으로 보아 방의 크기도 엄청날 것이다. 아니, 스노족 결계술사들이 한 방에서 언데드 제작을 했었다고 하니 문의 크기로 재단할 수 없을 정도로 엄청난 공간을 가진 방일 것이다.

'공동과 입구로 이어지는 통로는 마법진이나 결계가 작동을 멈추었지만 방의 경우 고대의 마법진이 여전히 작동하고 있다고 했지.'

지금 보고 있는 문의 크기나 문과 문 사이의 거리로 봐서는 방 안쪽은 공간 확장에서 클린, 보존 등 다양한 마법진이 설치되어 있을 것이다. 그러니 거의 1천 명이나 되는 스노족이 방 하나에서 지냈을 것이다.

사람들은 모르고 있지만 지금 모둔은 마족이 있다는 방문 주위 공간에 강력한 마나장을 생성해서 마기의 농도를 유지시키고 있었다.

아직까지도 레어에 생긴 변화를 감지하지 못할 정도면 마족이 대체 뭘 하고 있는지는 몰라도 경계 부분은 마기의 농도에만 감각을 열어 두고 있을 터였다.

"시작해."

가온이 손으로 신호를 하자 아나샤와 스노족 결계술사들은 최대한 소음을 내지 않으면서도 빠르게 공동 전체를 덮는 홀리필드진을 설치하기 시작했고, 아레오와 예하 그리고 헤르나인은 밀실 쪽에 주시하며 언제라도 손을 쓸 수 있도록 준비했다.

얼마 후 거대한 홀리필드진이 완성되었다. 물론 아직 성물 중 하나는 코어 자리에 제대로 박히지 않은 상태다.

작업을 마친 아나샤와 결계술사들은 숨돌릴 여유도 없이 곧바로 밖으로 향하는 500미터에 이르는 거대한 통로를 대상으로 홀리필드진을 구축하는 작업에 돌입했다.

그사이 울바르를 포함한 단장들은 가장 강력한 공격을 위해 심신을 가다듬었다.

가온도 마찬가지였다. 심신을 최상의 상태로 만들기 위해 연공을 하고 명상으로 정신력을 굳건하게 세웠다.

이번에는 한참 후에야 지친 얼굴을 하고 있는 아나샤 일행이 돌아왔다. 통로가 워낙 긴 데다 10개나 되는 홀리필드진을 설치하다 보니 많이 긴장한 것이다.

"수고했어, 아나샤. 여러분도 수고했소. 비전투 대원들은 빨리 레어를 빠져나가고, 나머지는 공격을 준비하자고."

가온이 중앙의 방문과 10여 미터 거리를 두고 서자 단장들이 그의 양옆에 도열해서 각자의 무기를 꺼내 들었다.

나머지는 5미터 정도 후방에 서서 각자가 발휘할 수 있는 가장 공격 수단을 준비했다.

화악!

아나샤가 마지막 성물을 이미 뚫어둔 구멍에 삽입하는 순간 새하얀 성광(聖光)이 번쩍이며 공동 전체에 신성한 힘이 가득 채워졌다.

구그그긍.

곧바로 안에 있는 마족이 신성력을 감지했는지 문이 열리려고 했다.

"다들 준비해!"

쫘앙!

대원들이 문이 열리길 기다리는데 갑자기 강력한 폭발음과 함께 문이 폭발하면서 파편이 사방으로 비산했다. 그리고 순간적으로 안쪽이 보였다.

'저게 마족! 나가족과 스노족에게 들은 마족과 달라!'

두 부족이 언급한 마족은 인간과 비슷한 몸집이었지만 지금 본 마족은 거대한 몸집을 가지고 있었다.

가죽 치마로 사타구니만 겨우 가린 검붉은 피부의 거한이 보였다. 키가 10미터에 이르는 놈은 흉터가 가득한 근육질의 몸에 머리에는 두 개의 구부러진 뿔을 가지고 있었으며 한 쌍의 검붉은 날개와 마치 끝부분이 마치 유성추처럼 생긴 검은 꼬리를 가지고 있었다.

마족의 뒤로 방 안이 보였는데 역시 크기가 엄청났다. 공간 확장이 되어 있었다.

방 중앙에는 굉장히 큰 소환진이 있었고 그 주위에는 무슨 가루인지 모르겠지만, 가루가 사람 무릎 높이로 쌓여 있었다. 그리고 소환진의 중앙에는 불길한 회색 연기가 소용돌이 치고 있었는데, 그 사이로 거대한 상체 실루엣과 함께 긴 손톱을 가진 두 손이 나와 있었다.

하지만 마족이 마기를 끊은 영향인지 소용돌이치던 회색 연기는 빠르게 사라지고 있었으며 상체의 실루엣으로 보였던 존재는 다시 소환진 쪽으로 들어가고 있었다.

'제대로 시간을 맞추었네. 또 다른 마족을 불러내고 있었어.'

정말 등골이 서늘했다. 조금만 더 공격을 늦추었다면 또 다른 마족까지 상대했어야만 했을 것이다. 정말 절묘하게 시간을 맞춘 것이다.

이제야 가끔 언데드의 재료를 확보하기 위해 외출했을 뿐 마족이 긴 시간 동안 밀실에서 두문불출하던 이유를 알 수 있었다.

'헤르나인과 헤러스가 얘기한 대로 본래 닫혀야 할 마계와의 통로를 힘으로 붙들어 놓고 있었던 거였어.'

아니, 단순히 붙들어 놓고만 있었던 것이 아니라 소환진을 통해 동료들을 이곳으로 불러들이고 있었다.

그러기 위해서 마기가 부족한 이곳의 마기 농도를 높이기 위해서 이제까지 모종의 작업을 하고 있었던 것이다.

"거의 다 됐거늘! 이 벌레 같은 인간 놈들이 방해를 했구나!"

마족의 검붉은 얼굴이 순식간에 시커멓게 변하는가 싶더니 쿵쿵 소리를 내며 방에서 나왔다.

"지금!"

전열의 단장들은 최소 소드마스터 중급 이상의 실력자들답게 순식간에 오러블레이드를 생성한 후 마족을 향해 몸을 날렸다.

뒤 열에서 예하와 헤르나인의 보호를 막고 있든 아레오는 익스플로전을, 아나샤는 홀리라이트를 펼쳤다.

다만 가온은 혹시 모를 상황에 대비해서 공격에 합류하지 않고 상황을 지켜보았다.

가장 먼저 아나샤의 홀리라이트가 마족을 덮쳤다.

퍼퍼퍼벗!

자신의 몸을 순간적으로 감싸는 신성한 빛을 통해 공격을 인지한 순간 마족의 몸 주위에 검은 장막이 생겼다가 사라지고 다시 생기기를 반복했다.

'오러장!'

생체 보호막이 아니라 오러, 아니 마기로 만들어 낸 방어막이 아나샤가 덮어씌운 신성한 빛무리를 밀어냈다. 그리고 곧이어 날아오는 익스플로전과 오러블레이드에 오러장이 부서지고 다시 생성되기를 반복했다.

'전혀 피해를 주지 못했어!'

익스플로전의 폭발력이나 화염은 홀리라이트처럼 튕겨났으며 오러막을 뚫거나 베어 낸 검들은 다시 생성되는 오러장에 의해 뒤로 튕겨졌는데 대원들의 몸까지 뒤로 날아가 버렸다.

"대체 마기가 얼마나 많기에!"

가온이 파악한 것만으로도 마기로 생성한 방어막은 열두 번이나 부서졌지만 부서지기 무섭게 새로운 방어막이 만들어졌다.

"크크크큭! 벌레같이 하찮은 자들이 감히 이 몸을 공격하다니!"

붉은 선혈을 토하며 뒤로 날아가는 대원들은 알아듣지 못했지만, 가온은 분노와 조롱 그리고 비웃음이 가득한 마족의 말을 알아들을 수 있었다.

'이 정도 공격으로는 안 돼!'

홀리필드진도 있기에 첫 공격으로 마족의 전력 중 최소 2할 이상 깎을 생각이던 가온은 아무런 피해도 주지 못하자 강렬한 위험을 느꼈다.

다들 내상을 입은 상태이니 일단 대원들부터 챙겨야만 했다. 그러려면 마족의 주의를 자신에게 돌려야 했다.

'가진 모든 힘을 다 끌어내야 해!'

일단 몸집의 균형부터 맞춰야만 했다.

'거대화!'

스킬을 발동하자 가온의 몸이 순식간에 마족보다 더 큰 몸집을 가진 거인으로 변했다. 이어 손에 들려 있던 작은 검이 사라지고 대신 몸집에 어울리는 거대한 검이 쥐어졌다. 모라이족이 선물해 준 태도(太刀)였다.

'당장 레어를 빠져나가!'

강한 반탄력에 튕겨 겨우 몸의 균형을 잡고 있던 대원들은 가온의 의념에 화들짝 놀랐다. 분명히 자신들이 알던 대장인데 순간적으로 거인으로 변해 있었다.

거인으로 변한 가온은 길이만 10미터가 넘을 것 같은 거대한 도에 하늘을 닮은 밝은 푸른색의 오러블레이드를 생성해서 마족을 향해 휘둘렀다.

파앗!

드디어 마족의 오러장이 크게 베어지고 검붉은 피가 허공으로 날아갔다.

'얕아!'

인간들의 첫 공격이 자신의 오러장을 뚫지 못하자 경시했던 마족은 일격을 피하지는 못했지만 피육(皮肉) 정도만 상했을 뿐이다.

"이노오오옴!"

옆구리가 길게 베어진 마족이 노호성을 내지르자 공동이 거세게 흔들렸다. 그리고 이제 막 제대로 서서 대응할 준비를 하던 단장들이 하얗게 질린 얼굴로 그 자리에 주저앉아 귀를 막았다.

'최대한 빨리 레어를 빠져나가시오!'

-대장님은요?

시르네아를 포함해서 의념 대화를 할 수 있는 몇 명이 비슷한 내용의 의념을 보냈다. 미스릴 중급 실력자들의 합공에도 별 타격을 받지 않고 오히려 내상을 입힌 마족이 상대이니 걱정될 수밖에 없었다.

'날 믿고 먼저 가시오!'

가온의 의념에는 신성력의 파동이 섞여 있어 혼란과 불안감을 진정시켜 주었다.

강한 의념이 전해지자 정신을 차린 대원들이 무서운 속도로 레어 입구를 향해 내달리기 시작했다. 마족의 피어만으로도 죽음의 문에 살짝 발을 올렸었기에 그야말로 필사적인 도망이었다.

물론 가온이야 마족의 피어에 전혀 영향을 받지 않았다. 위험을 감지한 파르가 귀 부분을 방호해 주었기 때문이다.

'이제 제대로 한번 붙어 보자!'

가온이 그렇게 생각한 순간 마족의 양손이 쫙 벌어진 상태로 도망치고 있는 단장들을 향해 뻗었다. 그리고 길고 날카로운 검은 손톱 끝에 검은 구슬이 만들어졌는데 축구공처럼 컸다.

"어딜!"

가온이 쾌보의 묘리가 포함된 도약을 하면서 마족의 머리를 향해 사선으로 오러블레이드를 휘둘렀다.

서걱!

타타타탕!

퍽! 퍽!

다행히 마족의 주의를 돌리는 데 성공했지만 태도의 오러블레이드는 순간 이동을 하듯 5미터나 떨어진 옆으로 이동한 놈의 어깨를 살짝 가르는 데 그친 데 반해서, 가온은 자신에게 방향을 바꾼 지환 두 발을 맞았다.

놈의 지환은 심검처럼 의지에 따라 궤도를 바꿀 수 있었다.

꽝! 꽝! 꽝! 꽝! 꽝!

열 개의 지환 중 다섯 발은 가온을 향했지만 나머지 다섯 발은 여전히도망치고 있는 대원들을 향해 날아갔다.

뒤에서 날아오는 무시무시한 지환을 느낀 아레오와 아나 샤는 배리어와 홀리실드로 모두를 감쌌고 단장들은 재빨리 오러블레이드를 생성해서 지환을 쳐 냈다.

"커흑!"

배리어와 홀리실드는 지환 한 발에 터지듯 부서져 버렸고 나머지 네 발의 지환을 오러블레이드로 맞받아친 단장들은 입으로 피를 토하며 뒤로 날아갔다.

아레오와 아나샤도 깊은 내상을 입었는지 얼굴이 창백했고 금방이라도 넘어질 것처럼 비틀거렸다.

그 모습을 본 가온의 눈에서 화염이 흘러나왔다.

몸에 적중한 지환 두 발로 인해서 격렬한 고통이 엄습했지만 그게 문제가 아니었다.

'반응속도가 너무 빨라!'

반응속도만 빠른 것이 아니다. 단순히 몸을 움직이는 것이 아니라 거기에 더해서 박쥐처럼 생긴 날개까지 적절하게 사용하는 것 같은데 블링크 마법을 시전하는 것처럼 이동속도 가 빨랐다.

혹시 하는 생각에 슬로 마법과 슬립 마법을 상대에게 펼쳤 지만, 고위 마족답게 마법 저항력이 워낙 강력해서 전혀 먹히지 않았다.

'아니, 마법 저항력이 높은 것도 있지만 내가 전투 시에 제대로 마법을 사용하지 못하고 있어.'

한마디로 이 정도 강자와의 전투 경험이 부족했다.

그래도 놈에게 상처를 입혔다. 마족이라고 해서 완벽하게 자신의 공격을 피할 수 있는 것은 아니라는 증거다.

기온은 절망 대신 희망을 품고 놈을 향해 투기를 강화했다.

"크크크! 감히 인간 따위가 내 몸에 생채기를 내다니!"

옆구리가 살짝 갈라진 마족이 감당하기 힘든 살기를 방출했다.

가온은 마족이 내상을 입은 것으로 짐작되는 대원들을 공격할까 봐 놈의 정면으로 이동했다.

"네 상대는 나다!"

화염처럼 붉은 마족의 눈이 대원들에게서 가온으로 옮겨졌는데, 상처 때문인지 공격이 이어지지 않았기 때문에 내상을 입은 대원들은 서로를 의지하며 재빨리 레어 밖으로 도망칠 수 있었다.

가온은 마족의 부상 정도가 크기를 바랐지만 안타깝게도 놈의 갈라진 옆구리는 검은 연기에 뒤덮이는가 싶더니 순식간에 재생이 되었다.

"타앗!"

가온은 쾌보를 사용하면서 빠르게 움직이면서 연신 오러 블레이드를 휘둘렀지만, 처음과 달리 소득은 없었다. 마족이 순간 이동을 하듯 빠르게 오러블레이드의 궤적을 피했는데 간발의 차여서 안타까운 마음에 자신도 모르게 무리를 하게 되었다.

마족은 마치 놀리기라도 하는 것처럼 별다른 공격을 하지 않고 가온의 오러블레이드 공격을 피하기만 했다.

"크크긋! 인간치고는 아주 강하구나. 하지만 제대로 된 검술은 못 배웠나 보네."

마족의 비웃음에 가온의 얼굴이 시뻘겋게 변했지만 사실이었다.

철월검술을 익혔고 S급으로 진화시켰지만 오러블레이드를 효율적으로 사용하는 부분이 항상 아쉬웠었다.

올라운더가 되고 싶었기에 다양한 스킬을 익히고 등급을 올리는 데에만 신경을 썼을 뿐 깊이 고찰하고 다양한 상황에서 사용하는 부분은 무척 미진했다.

철월검술은 본래 검기를 다루기 때문에 오러블레이드까지 합하면 길이가 4미터에 이르는 거대한 검을 적절하게 사용하는 부분은 미진할 수밖에 없었다.

지금까지는 굳이 철월검술을 능가하는, 오러블레이드를 제대로 사용할 수 있는 상위 검술이 필요하지 않았기에 표가 나지 않았을 뿐이다.

꽝! 꽝! 꽝!

가온은 심화를 억누르고 집중해서 마족이 날리는 열 개의 지환을 오러블레이드로 쳐 냈다. 그런데 그때마다 큰 충격이 누적되고 있었다.

지환이 날아오는 속도가 너무 빨라서 미처 다른 공격을 할 여유도 없이 계속해서 오러블레이드로 지환을 쳐 내야만 하는 상황에 몰려 버렸다.

그렇게 맞받아친 지환이 500발이 넘어가자 결국 불안감이 현실이 되었다.

'내상을 입었어!'

충격이 쌓여 내장이 제자리에서 이탈하고 마나로드의 일부가 터져 버렸다. 신경에도 손상이 가는 바람에 근육도 제대로 움직여지지 않았다.

당연히 쾌보를 이전처럼 펼칠 수가 없었고 점점 더 가온의 몸에 적중되는 지환의 숫자가 늘어났다.

차라리 전력을 다해서 붙었으면 좋겠는데 마족은 비웃음이 가득한 얼굴로 빠르게 움직이면서 연신 지환을 날렸다.

울컥!

결국 내상이 깊어졌다. 검게 죽은 피 한 모금을 토한 가온의 눈빛이 깊어졌다.

'이대로라면 지환을 피하기 힘들어. 결국 파르가 소멸할 수도 있어!'

내상도 문제지만 벌써 50발이 넘는 지환을 맞는 바람에 파르의 힘이 약화되고 있었다. 그 증거로 이제 지환을 맞을 때면 몸이 움찔거릴 정도로 통증이 더욱 강해지고 있었다.

몇 번은 아예 지환을 무시하고 가까이 접근하려고 했지만 놈은 절대로 거리를 주지 않았다.

그렇다고 검환인 월환 초식을 사용하기도 힘들었다. 구사할 수는 있지만 숙련도가 너무 낮아서 생성하는 데 너무 오래 걸리거니와 놈이 너무 빠르게 움직이기 때문에 맞히는 것도 어려웠다.

자신보다 마족이 더 빠르기 때문에 이 자리를 벗어나서 도망을 칠 수도 없었다.

이대로 가면 자신의 필패였다. 절박했다. 뭔가 수를 내야만 했다.

하지만 공격을 멈추거나 지체하는 순간 놈의 지환이 사정없이 몸에 꽂힐 것이다.

결국 가온은 위험을 무릅쓰기로 결심했다. 이대로라면 질질 끌려다니다가 피해가 누적되어 죽고 말 테니 말이다. 마나를 최대로 방출해서 오러실드를 만들었다.

그때였다.

"에잇! 귀찮아!"

마침 마족이 딴짓을 했다. 심한 내상을 입은 것 같은 가온에게 공격을 하는 것이 아니라 홀리필드진의 코어를 부수기 시작한 것이다. 겉으로는 전혀 티가 나지 않았지만 신성력에 강한 영향을 받고 있다는 증거였다.

홀리필드진의 코어를 이루는 성물은 지환 한 발 정도로는 끄덕도 하지 않았다. 그래서 놈은 빠르게 이동하면서 긴 손톱에 오러네일을 발현해서 진이 발산하는 신성력을 베어 내는 것과 동시에 성물을 직접 부수려고 했다.

'마족 놈이 날 무시하는군!'

기분은 나빴지만 어쨌거나 틈이 났다.

가온은 오러블레이드를 거두는 동시에 상태창을 연 가온은 쌓여 있던 능력치를 모두 민첩 스텟에 투자했다.

그때 마족이 다른 코어 쪽으로 이동하면서 다시 지환을 날렸다.

퍽!

마침 첫 지환이 몸에 박히는 순간에 민첩이 2,400을 넘기면서 아홉 발은 간발의 차이로 피할 수 있었다.

'이제 대등해! 앙헬, 태도를 수납해!'

상대의 속도와 대등해졌으니 굳이 태도를 사용할 필요가 없었다.

순간적으로 태도가 사라진 순간 마족처럼 쫙 벌려진 양손의 열 손가락 끝에서 시퍼런 마나탄이 만들어지기 무섭게 마족을 향해 날아갔다.

파바바밧!

꽈앙! 꽝!

양쪽 모두 검환의 위력에 버금가는 지환과 마나탄을 날리는 상황이라 서로의 몸에 지환과 마나탄이 꽂히기도 하고 어떤 경우에는 중간에서 서로 충돌하는 바람에 폭발했는데 그음파로 얼마나 대단했는지 둘 다 바람 앞의 나뭇잎처럼 휘청거렸다.

순식간에 수십 번의 원거리 공방을 주고받은 가온의 얼굴이 일그러졌다.

민첩 스텟을 올리면 우세하거나 대등한 싸움을 할 수 있을 것으로 생각했는데 아니었다.

'아직도 부족해!'

아주 미세하게 상대가 더 빨랐다.

마족과 가온은 비슷한 방식으로 공방을 주고받았는데 시간이 갈수록 가온이 불리해졌다.

'처음에 받은 피해가 컸어!'

파르가 완전히 파손된 것은 아니었지만 충격을 방호하는 능력은 급격하게 떨어져서 몸 이곳저곳에 구멍이 뚫려 피가 샘솟듯 나오고 있었다.

검환에 버금가는 위력을 가진 지환을 이렇게 많이, 그리고 빠르게 연사하는 것을 보니 기가 질렸다.

고위 마족의 능력이 이 정도인데 마왕은 얼마나 강할지 생각하니 한숨만 나왔다.

'나도 나름 강하다고 생각했는데.'

사실 이 세상으로 건너와서 자신보다 더 강한 자는 본 적도 없었고 심지어 들은 바도 없었다. 자신이 이 세상의 최강자라고 생각했기 때문이다.

그런데 고위 마족의 능력이 이 정도라니 기가 질릴 수밖에 없었다. 누적된 충격으로 인해 약화된 파르도 타격 순간 집중하지 못할 정도로 지환의 속도가 빠르기도 하지만 위력 역시 강했다.

그렇다고 가온이 일방적으로 당한 것은 아니다. 마족 역시 몸에 수십 개의 구멍이 뚫린 상태로 검붉은 피를 콸콸 흘렸다.

"케엑! 이 개미 같은 인간 놈! 감히 내 몸에 구멍을 내다니! 네놈의 육체를 내 것으로 사용하고 영혼을 끄집어내어 지옥 속으로 던져 주마!"

놈의 입장에서 보면 미물에 불과한 인간의 공격을 허용했다는 사실에 분노한 마족은 온몸으로 살기를 뿜어내며 지환을 연사했다.

'재생력이 너무 높아!'

마족에 비해 자신이 더 많은 피해를 입기는 했지만 그게 중요한 것이 아니다. 재생력의 수준이 너무 달랐다.

지환에 뚫린 가온의 구멍은 1분 정도 지나야 겨우 메워졌지만, 마족의 경우에는 그 절반의 시간이면 어둠처럼 검은 마기를 이용해서 원래대로 메워진 것이다.

그래도 실망하지는 않았다.

'마나 보유량은 내가 더 많을 가능성이 높아!'

어나더 문두스의 설정이나 이 세상에 남아 있는 전설에도 마족은 자주 등장하는데 소환이 되면 마계에 있을 때에 비교해서 최소한 2할에서 3할에 해당하는 능력밖에 쓸 수 없었다.

그에 비해서 가온은 다양한 에너지를 가지고 있고 치환 반지를 통해서 한 종류의 에너지를 보충할 수 있었다.

거기에 검을 썼을 때와 달리 지금처럼 서로 지환과 마나탄을 주고받는 방식의 전투에서는 가온이 절대적으로 불리한 것은 아니었다.

그 증거로 마나탄에 뚫린 마족의 구멍이 메워지는 시간이 점점 길어지고 있었다.

반면에 가온은 개전 초기에는 파르의 방호력으로 구멍이 뚫리는 것을 막았기에 재생력은 아직 많이 남았다. 그래서 가온은 지환에 맞을 때마다 강렬한 통증을 느꼈지만 상대 역시 마찬가지라고 애써 참았다.

휘리리릭!

가온은 이제 쾌보에 더해서 점핑 앤 플라잉 스킬을 펼치며 거의 날아다니면서 지환을 발출했는데 마족 역시 박쥐 날개까지 이용해서 빠르게 날아다니며 그의 공격을 맞받아쳤다.

그러다가 어느 순간 가온의 눈이 빛났다.

'이놈, 분명히 원거리 공격만 하고 있어!'

가온은 마족이 근접 공격을 꺼린다고 판단했다.

'나 또한 근접 전투에 능한 것은 아니지만 상대가 꺼리니……'

상대가 약점을 보이니 당연히 공략해야 한다. 가온은 더욱 빠르게 움직이며 마족에게 달려들었다.

'역시!'

지환 몇 방 맞는 것을 감수하고 가까워지니 화들짝 놀라 물러나는 마족의 태도를 보니 더욱 근접해서 싸워야겠다는 생각밖에 안 들었다.

'더 빠르게 움직여야 해!'

지금 자신에게 필요한 것은 마족보다 더 빠른 몸놀림이었다.

타앗!

얼마나 집중했을까. 어느 순간부터 가온은 무아지경에 빠졌다.

어떻게든 더 빠르게 움직여야 한다는 생각밖에 없는 가온의 머릿속에서 쾌보와 질주, 그리고 점핑 앤 플라잉 스킬의 묘리가 풀어지고 합해지면서 어느 순간 그의 몸이 폭발적으로 빨라졌다.

-S급 스킬을 창안하는 위대한 업적을 세웠습니다!

-보상으로 칭호와 특성, 스텟 증가를 획득합니다!

그런 안내음이 들렸지만 가온은 무아지경이었다. 오로지 더 빨리 움직여서 마족을 멈춰 세우거나 놈의 가슴 안으로 파고들 생각만 한 것이다.

정신을 차린 가온은 자신이 마족과 3미터 거리까지 접근했다는 사실을 알 수 있었다.

'위험해!'

몸에 새겨진 감각이 그의 머리를 숙이게 만들었다.

파앗!

강렬한 파공성과 함께 머리 위를 스쳐 지나가는 검은 오러네일들. 마족의 길고 날카로운 손톱에 생성된 오러네일은 길이만 무려 2미터가 넘었다.

물론 가온은 3미터가 넘는 오러블레이드를 만들어 낼 수 있지만 마족의 오러네일이 열 줄기라는 점을 고려하면 차이는 명확하다.

마족은 오러네일을 이용해서 마나탄을 빠르게 쳐 내고 있었는데, 팔이 보이지 않을 정도였다.

'젠장!'

오러네일에 제대로 대항하기 위해서는 무기가 필요한데 무기를 꺼내거나 파르를 무기로 변환하는 순간 오러네일을 온몸으로 받아 내야만 할 것이다. 1초, 아니 0.1초라도 기회를 주었으면 좋겠는데 분노한 마족이 그런 여유를 줄 리가 없었다.

가온은 순간적으로 두 발의 발가락에 힘을 주어 튕기듯 뒤로 물러났는데 순식간에 10미터 이상 움직였다.

'허헛!'

그제야 얼핏 들었던 안내음의 내용이 떠올랐다.

어떤 스킬인지는 몰라도 칭호와 증가된 스텟의 효과는 대단했다. 이전에 비해서 적어도 3할 이상 빨라져서 마족의 공격을 쉽게 피할 수 있었다.

그제야 가온은 자신의 민첩 스텟이 마족을 능가한다는 사실을 깨달았다.

'너무 차이가 커서 나도 적응이 안 되네.'

아무튼 속도를 따라잡았으니 이젠 그가 마족을 괴롭힐 차례다.

가온은 마족이 그랬듯 열 손가락을 쫙 펴고 마나탄을 발출했다.

파바바밧!

열 발 중 네 발이 놈의 몸에 적중했다. 일렁이는 검은 마기장도 마나탄을 막지 못했다.

가온은 꺼지듯 제자리에서 사라지더니 마족의 오른쪽 옆으로 이동해서 다시 마나탄을 날렸다.

"크윽!"

마족은 몸이 가온을 향해 절반 정도 돌아간 상태에서 고통스러운 비명을 터트렸다. 이번에는 모두 여섯 발의 마나탄이 허벅지와 종아리를 파고든 것이다.

마족은 어떻게든 가온을 맞히려고 지환을 연신 발사했지만 가온의 신형은 잔상이 남을 정도로 빠르게 이동하며 지환을 모두 피하며 차근차근 마나탄으로 마족의 몸을 구멍투성이로 만들었다.

결국 마족의 눈에서 혈광이 터지듯 번쩍거리더니 날개가 두 배로 커지고 공중으로 날아올랐다.

그렇게 날아오른 마족은 빠르게 비행하면서 지환을 날리기 시작했다.

퍼퍼퍽!

두께가 1미터가 넘는 대리석 바닥에 사람 눈알 크기의 구멍들이 속속 만들어졌고, 잠깐 동안은 아무 피해도 입지 않았던 가온의 몸에 몇 개의 구멍이 더 뚫렸다.

"크하하하! 이제 순순히 죽임을 받아들여라!"

마족은 상대가 마치 날개가 달린 것처럼 허공에서 오래 체공하면서 움직이는 능력이 있기는 하지만 날개를 가진 자신의 공격을 막을 수는 없을 거라고 확신했다.

위기일발

마족은 승기를 잡았다고 여겼지만 반전이 벌어졌다. 가온에게도 날개가 있었다.

투명날개를 꺼내 장착한 가온은 마족과 대등하게, 아니 더욱 현란한 비행술을 펼치며 마족에게 일정한 거리를 둔 채 마나탄을 날렸고, 속도에서 차이가 났기 때문에 결국 놈의 몸은 물론 날개에도 구멍이 뚫리기 시작했다.

이 상태라면 굳이 붙어서 싸울 필요가 없었다. 가온은 계속 달려드는 마족을 피해서 움직이며 마나탄을 날려 대미지를 누적시키는 작전을 유지하기로 했다.

'열 줄기나 되는 오러 네일을 상대하는 것보다는 이쪽이 낫지.'

문제는 마족에게 제대로 대미지를 넣고 있는지 확신할 수 없다는 점이다.

재생력이 얼마나 강한지 마나탄에 뚫린 구멍이 얼마 후에는 감쪽같이 메워지고 있었다.

그렇게 마족과 가온은 거의 10분에 걸쳐서 공동 안을 새처럼 날아다니면서 지환과 마나탄을 교환했다.

피해는 마족 측이 현저하게 많이 받았지만 가온의 안색은 좋지 않았다.

'거대화 스킬도 그렇고 마나탄으로 소모되는 마나가 너무 많아.'

자신은 이미 마나가 다 소진되어 다른 에너지를 치환해서 사용하고 있는 데 반해서 마족은 몸에 수없이 구멍을 뚫린 상태지만 계속 재생력으로 치료를 하며 줄기차게 대응하고 있었다.

'원래 마족이 이렇게 강한가?'

소환된 마계의 존재는 마계에서 쓸 수 있는 능력보다 현저하게 낮은 능력밖에 못 쓴다는 것이 정설인데 그 얘기가 틀린 것일지 모른다.

아니, 마계의 능력을 이곳에서 그대로 쓴다고 해도 지금처럼 대미지가 누적되면 표시가 나야 하는데 상대 마족은 처음에 비해 별다른 차이가 없었다.

'설마 마족이 아니라 마왕 아니야?'

그런 생각이 들 정도였다.

그런데 어느 순간 마족의 몸이 순식간에 2미터 정도로 작아졌다.

'헛!'

전혀 상상도 하지 않았던 일이기에 가온은 당황할 수밖에 없었다.

'이런!'

몸집이 줄어든 마족의 이동 속도가 순간 폭발적으로 빨라졌다. 큰 몸집에 맞추어져 있던 가온의 눈을 순식간에 줄어든 마족의 신장과 이동 속도에 적응하지 못해서 눈앞이 흔들렸다.

파앗!

위험을 감지한 가온이 발바닥으로 마나를 발출하는 동시에 크게 날개를 흔들어 공동의 천장과 부딪힐 기세로 날아올랐다.

발아래를 스치고 지나가는 열 줄기의 지환.

등골이 서늘해진 가온도 놈과 마찬가지로 거대화 스킬을 해제하고 재빨리 바닥으로 내려갔는데 그를 스치고 지나간 지환들은 레어의 벽에 깊은 구멍을 만들어 냈다.

가온의 발이 막 바닥에 닿으려고 했을 때 마족이 가온을 향해 두 팔을 쫙 펴고 순간 이동을 하듯 날아왔다.

이제 막 바닥에 두 발이 닿은 상황이라서 달리 대처할 방도가 없었던 가온은 두 팔을 앞으로 쭉 뻗어 마나탄을 날리면서 전력을 다해 오러실드를 펼쳤다.

파바바밧!

창졸간에 전력을 다해서 만들었기에 다양한 에너지가 섞이는 바람에 불투명해졌지만 나름 두꺼운 오러실드를 뚫고 들어오는 지환들이 상반신을 집중적으로 때렸다.

물론 가온도 당하고만 있지는 않았다. 거의 본능적으로 마족을 향해 두 팔을 뻗어 마나탄을 발출했다.

퍽!

"커흑!"

마나탄이 상대의 몸을 파고드는 소리와 함께 마족의 신음이 들렸다. 한 곳일 수도 있고 열 곳일 수도 있었다.

그런데 전면을 향해 쫙 편 손끝에 이상한 감각이 느껴졌다.

'뭐?'

오러실드가 사라진 후 가온의 눈에 보인 것은 마족의 흉측한 얼굴이었다.

가온이 상황을 완전하게 파악한 것은 자신의 양손과 마족의 양손이 깍지를 낀 상태이며 손가락을 통해 어마어마한 양의 마기가 몸 안으로 물밀듯이 들어오고 있다는 사실을 인지했을 때였다.

"크크큿! 하마터면 당할 뻔했네. 인간치고는 제법이야. 다른 놈들 같았으면 당했겠지. 하지만 내가 '마나탐식마'라는 이명을 가지고 있는 줄은 몰랐구나! 마계에도 너처럼 많은 마나를 가진 경우는 나를 제외하고는 대마왕들밖에 없는 것 같은데 잘 만났구나! 네 마나를 내 마기로 오염시켜 모조리 흡수한 후 영혼을 지배해서 영원히 부려 주마!"

뢰벨르는 마족 서열이 비록 200위권이지만 마왕급도 상대하기 꺼려 할 정도로 강대한 마기의 소유자였다.

그는 상대와 몸을 밀착한 상태에서 자신의 파괴적인 마기를 주입해서 상대의 마기를 자신의 패턴으로 변화시킨 후 흡수하는 방식으로 끊임없이 성장해 왔다.

하지만 일부러 몸을 밀착시키려고 하면 상대가 오히려 눈치를 챌 수 있기에 자신을 모르는 상대와 싸울 때는 항상 원거리 공격만 한다.

그래야만 상대가 몸이 달아서 어떻게든 가까이 붙으려고 하니 말이다.

하지만 이 인간은 달랐다.

무슨 능력인지 모르지만 자신만큼이나 몸집을 키워서 대등하게 맞섰다.

처음에는 자신보다 느렸지만 갈수록 빨라지더니 얼마 후에는 자신이 따라잡을 수 없을 정도로 빠르게 움직였고 결국 자신이 그랬듯 열 손가락으로 마환(魔丸)을 발출하는 방식으로 자신을 곤란하게 만들었다.

뢰벨르가 이명처럼 광대한 마기를 가지고 있었기에 망정이지 마왕급이 아니었다면 벌써 소멸했을지도 몰랐다.

'대마왕 정도가 아니면 이 인간에게 당했을 거야.'

그래도 다행했던 것은 전투 경험이 부족한지 순간적으로 몸집을 축소했을 때 당황해서 제대로 대응하지 못했다.

그래서 그 순간을 이용해서 뢰벨르는 인간에게 근접해서 벌린 손가락 사이로 자신의 손가락을 끼워 깍지를 끼는 데 성공했다.

뢰벨르의 마기는 가온의 몸에 침투하는 순간 극렬한 반응을 보이는 가온의 마나에 영향을 주어 패턴과 파장을 바꾸기 시작했다.

원래 그런 능력을 가지고 있기는 했지만 수천 번이 넘는 경험을 통해서 그의 마기는 그런 쪽으로 진화되어 있었다.

가온이 이와 비슷한 경험이 있었다면 빨리 대응을 할 수 있었을 텐데 마족이 깍지를 낀 것에 너무 놀라서 미처 대응하지 못하고 상대의 페이스에 말리고 말았다.

뢰벨르의 마기는 상대가 가지고 있는 마나의 성질이 어떻든 일단 접촉하는 순간부터 흙에 물이 스며들듯 자연스럽게 섞이면서 패턴과 파동을 바꾸어 본인의 마기와 같은 속성으로 만들어 버리는데 그는 그 현상을 일명 오염이라고 불렀다.

일단 오염이 시작되면 그 확산 속도는 비약적으로 빨라진다. 그래서 처음에 대응을 빨리해야만 했는데 가온은 그 부분을 놓치고 말았다.

가온의 눈이 순식간에 붉어졌다. 마나로드와 혈관을 타고 마기가 가온의 마나를 오염시키면서 가장 먼저 얼굴 부위부터 영향을 받은 것이다.

가온은 마족의 손을 뿌리치려고 힘을 써 봤지만 소용이 없었다.

깍지를 낀 상태이기도 하지만 설사 손가락을 포기한다고 해도 지금은 마기가 마치 아교처럼 그의 몸에 밀착된 상태로 주입되고 있었다.

발로 걷어차도 봤지만 마나를 주입할 수가 없었고 마족의 신체는 단단한 돌로 만들어진 것처럼 아무런 타격도 받지 않았다.

혼탁하기 그지없는 거칠고 사나운 성질을 가진 뢰벨르의 마기는 강력한 가온의 반항에도 불구하고 빠르게 그의 마나를 마기로 변환시키고 있었다.

'벌써!'

마나오션들이 위험했다. 이미 상대의 마기가 마나오션들을 제외한 온몸의 마나를 마기로 변환시켰을 뿐 아니라 통제권 역시 마족에게 넘어간 상태였다.

뢰벨르의 마기는 맑은 물에 떨어진 먹물처럼 자연스럽게

마나오션에 스며들어 마나의 패턴을 불안정하게 바꾸기 시작했다.

그리고 불안정한 상태의 마나 패턴과 파동수를 강제로 바꾸는 방식으로 마기로 변환시키고 있었다.

가온의 의지에 실시간으로 움직이는 마나지만 아무래 애를 써 봐도 마기로의 변환을 막을 방법이 없었다. 심지어 재생력과 영력마저 속도는 느리지만 속절없이 마기로 변환되고 있었다.

"으하하하! 하찮은 존재가 이렇게 엄청난 마나와 더불어 영력까지 가지고 있을 줄이야! 이거 완전히 보물이구나! 소환에 응하길 잘했어!"

뢰벨르가 기쁨에 가득 찬 광소를 터트렸다.

가온의 얼굴은 돌처럼 딱딱하게 굳어 버렸다.

'마기가 침투하기 전에 막았어야 했는데⋯⋯.'

이것이 모두 마족과 같은 실력자와의 전투 경험이 부족한 탓이다.

그런데 그 순간 가온은 기이한 감각을 느꼈다.

'마기 또한 마나인 거구나!'

가온은 절체절명의 순간임에도 불구하고 법열을 느꼈다. 마기가 어떤 패턴과 파장을 가지고 있는지, 패턴과 파장에 따라서 성질이 어떻게 바뀌는지에 대한 깨달음을 얻은 것이다.

'그렇다면 나 또한 같은 방식으로 마기를 마나로 바꿀 수 있지 않을까?'

그런 생각에서 마기를 마나로 다시 바꿔 보려고 했지만 아무리 의지력을 발휘해도 소용이 없었다. 지금 자신의 마나는 마기로 바뀌고 있었는데 그 흐름을 도저히 멈출 수가 없었다.

하지만 포기할 수는 없었다.

포기한다는 것은 그간 어렵게 쌓은 모든 에너지를 잃은 상태로 마족의 노예로 영원히 살아야만 했다. 죽는 것이 아니니 부활할 수도 없었다.

그런데 에너지가 단순히 마기로 바뀌는 것이 아니었다. 어느 순간부터 마기로 변환된 에너지가 마족에게 빠르게 흡수당하기 시작했다.

그리고 그 속도는 어마어마하게 빨랐고 의지로는 도저히 막을 수 없었다.

상황은 절망적이었다. 신성력과 뇌전기를 제외한 다른 에너지는 이미 마기로 변환되어 마족에게 빠르게 흡수당하기 시작한 것이다.

'으윽! 뇌전기마저!'

희망이 사라지고 있었다. 극렬하게 대항하고 있던 뇌전기 역시 마기로 변환되기 시작한 것이다.

마나에 이어 마력, 정령력, 흑마력, 영력, 재생력, 뇌전기

가 이미 빠져나가 마나링이 사라지고 총 여섯 개의 마나오션
이 텅 비어 버렸다. 이제 남은 것은 정수리 부위의 마나 저장
소에 있는 신성력밖에 없었다.

'끝인가?'

이제 끝이 보이는 것 같았다.

'아니야!'

이대로 희망을 놓을 수는 없었다. 차라리 죽기라도 하면
좋겠지만 마족은 그럴 생각이 전혀 없다. 언데드로 만들어서
놈이 생존하고 있을 동안 내내 부려 먹을 생각인 것이다.

'생각! 생각을 해야 해!'

이럴 때 벼리가 좋은 수를 내주었으면 좋겠지만 그녀에
게도 특별한 방도가 없는 듯 절망적인 감정만 전해지고 있
었다.

그렇다고 가온이 벌써 포기한 것은 아니다. 머리를 맹렬하
게 돌린 결과물이 나온 것이다.

'마기 역시 마나의 일종이라면!'

갓급이 있는지는 알 수 없지만 음양신공은 무려 트리플 에
스 등급의 마나 연공법이다.

어떤 마나든 음과 양의 속성으로 나누어 흡수해서 쌓을 수
있는 그야말로 신공인 것이다.

가온은 마나오션들의 에너지들이 마기로 변환되는 것을

신경 쓰지 않고 오로지 음양신공을 운공하는 것에만 전념했다.

온몸에 마기가 가득 차 있으니 전신 주천을 하기에도 좋았다.

'된다!'

전신 주천을 한 마기는 성질이 바뀌었다. 마기도 기존의 마나도 아닌 음과 양의 기운으로 말이다. 다만 음기의 양이 대략 9할을 차지할 정도로 압도적인 비율이었다.

'이대로 마나오션에 쌓으면 불안정해질 거야!'

오행기의 경우 토기가 중심을 잡아 주었지만 음양기의 경우 균형이 중요했다. 만약 균형이 무너지면 제대로 운용하기도 힘들뿐더러 몸에 심각한 이상이 생길 것이다.

가온은 텅 비어 있는 마나오션을 새로운 음양기로 채우는 것을 포기하고 다시 전신 주천의 행로로 돌렸다.

'이제 어떻게 하지?'

그렇게 고민은 하고 있지만 결과는 정해진 것이나 다름없었다. 불안정한 상태라도 음양기를 쌓을 수밖에 없었다.

하지만 그 결과는 명확했다. 음양기는 그 어떤 마나보다 균형과 조화가 중요했기에 한쪽으로 치우치게 되면 마나가 폭발할 수밖에 없었다.

'죽음을 피할 수 없는 건가?'

그런 생각이 들었지만 목숨이 하나가 아니기 때문에 공포에 잠식되지는 않았다.

그때였다.

화아아아.

뢰벨르가 마나를 빨아들이는 흡력에 이끌린 정수리 부위의 신성력이 안개처럼 풀어져 나와서 순식간에 전신으로 퍼졌다.

물론 음양신공을 운공하고 있었기에 순식간에 마나로드까지 퍼진 신성력은 음양기의 흐름에 합류했고 하복부의 마나오션에 도착했다.

'어? 이건!'

가온은 심하게 불안정했던 음양기가 안정적으로 변한 사실을 알아차렸다.

놀랍게도 방금 전까지만 해도 음기와 양기의 비율이 9 : 1이었던 것이 5 : 5로 바뀐 것이다.

가온은 이렇게 된 이유를 떠올릴 여유도 없이 희열에 가득한 얼굴로 곧바로 음양기를 마나오션으로 이끌어서 마나시드를 다시 생성했다.

마나시드는 순조롭게 생성되었고 음양기를 더 빨아들이기 위해서 회전하기 시작했는데, 그 속도가 이전에 세 배에 달했다. 당연히 전신 주천의 속도도 빨라졌고 축적되는 음양기의 양도 많아졌다.

'대체 어떻게 된 거지?'

연공을 하는 가운데서도 심안을 발동해서 체내의 변화를 살펴보던 가온의 머리에 벼락이 쳤다.

'신성력이다!'

놀랍게도 신성력 또한 마기처럼 균형이 무너진 마나였다. 마기가 음 속성에 치우쳐져 있다면 신성력은 양 속성에 치우친 마나인 것이다.

마치 중화(中化)가 되듯 음양기로 전환되는 마기와 신성력이었지만 비율은 달랐다.

마기 10에 신성력 1의 비율로 반응하고 있었다. 그래서 신성력의 양이 부족할 것 같지는 않았다.

음양신공은 음양기의 균형을 맞추려는 듯 신성력을 미친 듯이 빨아들이기 시작했고 전신 주천을 끝내고 마나오션으로 들어오는 음양기는 균형을 이룬 상태였다.

'모둔, 내가 빼앗긴 마나를 되찾아야만 해!'

도와 달라는 말이다.

－절 믿으세요! 지금은 흐름이 너무 강해서 제어하기가 어려워요. 흐름이 약화되는 순간만 기다리고 있어요!

모둔은 어떤 성질의 마나라도 다룰 수 있는 능력을 가지고 있으니 큰 도움이 될 것이다.

－저도 도울게요!

앙헬이었다.

'그래. 너도 도와줘.'

앙헬은 마족이니 마기에 대해서는 자신보다 더 잘 알 것이다.

한편 뢰벨르는 기분이 아주 좋았다.
'이렇게 순수한 에너지라니! 게다가 한 종류도 아니고 다양하기까지!'
이제까지 흡수한 마나 중에서 상태가 가장 좋았다. 마나의 순도나 특성까지 모두 최상급인 이런 마나는 처음 접한다.
게다가 그중에는 일반적인 방법으로는 올리기 힘든 재생력과 뇌전기까지 있으니 그야말로 잘 차려진 밥상이었다.
기존에 워낙 보유한 마기가 많기는 했지만 3차 바디체인지를 하기 위해서는 많이 부족했는데, 이 인간의 에너지를 모두 흡수하면 충분히 가능할 것 같았다.
'그렇게 되면 대마왕이 되는 것은 어렵지 않아.'
대마왕은 마족 서열 10위까지를 말한다.
물론 대마왕 내에서도 서열이 있었지만 일단 대마왕이 되면 마왕이나 고위급 마족의 영역까지 포함한 광대한 지역을 지배할 수 있어서 마석과 영석 등 다양한 자원은 물론 실험 재료로 사용하거나, 바로 앞에 있는 인간처럼 키워서 나중에 자신의 마기를 늘릴 수 있는 먹잇감이 될 수 있는 다양한 인간들도 확보할 수 있다.
'크크크! 내게 이렇게 좋은 선물을 했으니 그냥 영혼을 마계의 용암 속에 버릴 게 아니라 죽인 후 데스 나이트로 만들어서 인간의 꿈인 영생(永生)을 이루게 해 주마! 클클클!'

뢰벨르의 사고는 잠시 자신을 소환했던 리치 사령술사에게 향했다.

'제물이 하찮아서 육신을 갈기갈기 부쉈지만 그놈 덕분에 이렇게 풍요로운 세상으로 건너왔으니 소원 정도는 들어줘야지.'

육신을 가루로 만들었지만 라이프 베슬이 따로 있는 리치이기 때문에 죽은 것은 아니라서 소환 자체가 취소되는 것은 아니다.

뢰벨르야 당연히 그 점을 고려해서 놈의 육신을 처참하게 박살 낸 것이고.

'골드드래곤이 건 금제를 풀어 주고 갇힌 세상 밖으로 내보내 달라는 것이 소원이었던가?'

잘 기억이 나지 않는다. 자신을 소환한 자가 리치 사령술사라는 사실과 소원이 가당치 않은 것을 파악한 후 생명의 기운이 넘치는 세상으로 나온 기쁨에 취해서 놈을 처참하게 박살 내 버린 것이다.

'리치 따위가 어디서 감히!'

마계에서는 중위급 마족도 안 되는 하찮은 놈이 거들먹거리며 소환의 목적을 밝혔으니 그의 귀에 들어올 리가 없었다.

그런데 그런 생각을 하던 마족은 문득 마나의 흐름이 현저하게 느려지고 있다는 사실을 인지했다.

'벌써 다 흡수했나? 그럴 리가 없는데.'

흡수 대상인 인간의 몸에 마나 저장소가 무려 일곱 개나 된다는 사실은 이미 파악했다. 여섯 곳은 이미 다 털어 버렸고 마지막 하나가 남았을 텐데 마나의 흐름이 급격히 약화된 것이다.

'이상해!'

눈에 들어오는 인간의 외양은 아무런 변화가 없었다. 자신에게 마나를 갈취당한 상대는 마지막에는 육신을 이루는 근원 마나까지 흡수당해서 해골처럼 마르고 결국 가루가 되어 소멸된다.

원래 뢰벨르는 인간을 데스나이트로 만들기 위해서 육신은 유지한 상태에서 마나의 흡수를 멈출 생각이었다.

'고대 욕마왕이 남긴 마나 탐식 스킬은 한번 흡수하기 시작하면 끝을 보지만, 이제 내 경지도 높아져서 상대의 마나가 얼마 남지 않을 때는 멈출 수 있지.'

하급 마족도 아니고 하급 마족이 관리하는 광산에서 마석을 채광하던 노예에 불과했던 뢰벨르가 마왕위(魔王位)에 근접할 정도로 성장한 것의 이면에는 어릴 때 우연히 얻은 유물이 있었다.

수백만 년 전의 선대 욕마왕이 남긴 잔념이 담겨 있는 손가락뼈를 얻은 것이다.

뢰벨르는 그 손가락뼈에서 욕마왕의 스킬 중 '마나 탐식'이라는 스킬을 발견해서 익혔는데, 그것이 바로 상대와 몸이 닿는 순간 마나의 패턴과 속성을 바꾸어서 흡수할 수 있게 해 주었다.

그는 마나 탐식 스킬로 자신을 괴롭히던 광산의 동료들과 관리자들의 마기를 모조리 흡수하고 하급 마족의 마기까지 흡수한 후 도망쳤다.

마나 탐식으로 마기는 흡수했지만 자신의 것으로 만드는 것은 전혀 다른 일이다.

그래서 흡수한 마기로 자신의 육체를 강화시키는 한편 자신의 것으로 만드는 과정이 필요했다.

아무튼 마나 탐식 스킬은 강렬한 욕망과 집착에 기반해서 펼치는데 한번 발현하면 상대의 마나를 먼저 한 톨도 남기지 않고 모조리 흡수한 후에 멈추게 된다.

뢰벨르는 그동안 수없이 마나 탐식을 펼쳤고 그 과정에서 남은 마나가 거의 사라질 때가 되면 흡수력이 약화된다는 사실을 발견하고 의도적으로 스킬을 멈출 수 있는 경지에 이르렀다.

그런데 지금은 자산의 의지와 상관없이 그 작업 속도가 느려지고 있는 것이다.

이런 경우는 자신보다 상위의 마족, 즉 마나 제어 능력이 특출한 존재만이 만들 수 있는 상황으로 꽤 많이 겪어 본 바가 있었다.

'호오! 마지막까지 대항하겠다는 거지?'

뢰벨르는 상황을 파악하기 위해서 여전히 유지되고 있는 마나 탐식과는 별도로 욕망과 집착으로 강화시킨 의식의 일부를 촉수로 만들어서 상대의 몸 안에 주입했다.

끄아아아아!

의식의 촉수가 맞닿은 인간의 손을 통해 들어가는 순간 뢰벨르는 소리조차 내지 못하고 비명을 질렀다. 영혼과 연결된 촉수가 상극의 힘에 의해 소멸되어 버린 것이다.

'성력! 왜 천족의 힘이?'

신성력이 그가 주입한 의식의 촉수를 태워 버린 것이다. 모둔이 가온 대신 신성력을 이끌어 촉수를 공격한 것이다.

'이 인간, 대체 정체가 뭐지?'

전혀 사제 따위로 보이지도 않거니와 사제 특유의 분위기조차 발산하지 않았던 인간이 신성력을 가지고 있을 줄은 전혀 몰랐다.

사실 마족인 뢰벨르가 흡수하지 못하는 단 한 종의 마나가 바로 신성력이다. 마기와는 상극이라 파장과 패턴을 바꿀 수 없었기 때문이다.

만약 신성력을 흡수할 경우 자신의 마기와 강한 충돌을 일으키고 자칫 폭발이 발생해서 수천 년 동안 수련과 전투로 만들어 온 단단한 육체가 부서질 수도 있었고, 더 심하면 심장 속에 형성된 자신의 라이프젬과 머리 속에 생성된 영석이 부서질 수도 있었다.

신성력은 뢰벨르가 주입한 의식의 촉수를 순식간에 태워 버리더니 마치 살아 있기라도 한 것처럼 그의 몸 안으로 안개처럼 빠르게 스며들기 시작했다.

'안 돼!'

신성력과 마기는 섞일 수 없는 상극의 에너지다.

한 몸에 두 에너지를 품고 있으면 서로 반발해서 충돌하고 결국 폭발할 수밖에 없었다.

대마왕이나 고위급 마왕이라면 몰라도 마기만 많았지 고위급 마족에 불과한 뢰벨르로서는 그 폭발을 막을 수가 없었다.

결국 뢰벨르는 최근에 깨달은 마나 탐식의 묘리를 이용해서 마나의 흐름을 바꾸기로 했다.

마기를 배출하는 방식으로 몸 안에 들어온 미량의 신성력을 밀어내려고 한 것이다.

하지만 신성력은 마치 자아가 있는 것처럼 엄청난 힘으로 마기의 흐름을 막았고 이내 그의 몸 안으로 재차 진입하는데 성공했다.

'왜 집중이 안 되는 기분이지?'

그러고 보니 이상했다. 지금 생각해 보니 마나의 흐름이 느려진 것이 아니었는데 그때는 그렇게 느낀 것이다.

뢰벨르는 앙헬이 그에게 주입한 한 줄기의 사념이 아주 짧게 신경계를 파고들어서 감각의 혼란을 초래했다는 사실은 알 수 없었다. 신성력이 준 충격은 그만큼 컸다.

그런 생각도 잠시 뢰벨르는 신성력의 침입으로 인한 위험에 집중했다.

뢰벨르는 더욱 강하게 마기를 방출하는 한편 더 이상의 마나 흡수를 포기하고 이제는 자신이 손을 강제로 떼어 내려고 했다.

그런데 어느 순간 뢰벨르가 손을 통해 방출하는 마기를 막아 내고 있던 신성력이 거짓말처럼 사라졌다. 그리고 동시에 가온의 몸 안에서 엄청난 흡인력이 작용했다. 모둔과 앙헬이 동시에 벌인 일이었다.

고오오오.

콸콸콸!

뢰벨르가 한 번도 경험하지 못했던 역전 현상이 벌어졌다. 마치 수도꼭지를 한껏 연 것처럼 자신의 몸에서 마기가 인간을 향해 분출하듯 빠르게 빠져나가고 있었다.

'안 돼앳!'

자신도 모르게 마나 탐식의 묘리를 펼치고 있는 상황이니 흐름을 전혀 제어할 수 없었다.

상대가 가진 모든 마나를 흡수할 때까지 멈추지 않는 스킬의 효과는 반대의 경우에도 적용된 것이다.

그 점을 떠올린 뢰벨르는 사색이 되어 스킬을 멈추려고 했지만, 소용이 없었다. 최근에야 겨우 마나의 흐름을 끊을 수 있을 정도의 제어 능력으로는 마나 탐식 스킬을 전혀 제어할 수 없었다.

'이익! 제발!'

수천 년 동안 다듬고 키워 온 강한 정신력과 의지로 마기의 흐름을 강제로 멈추려고 했지만, 전혀 통하지 않았다.

뢰벨르는 이 상황을 해결하지 못하고 자신도 그동안 에너지를 흡수해 버린 상대처럼 먼지나 영혼조차 남기지 못하고 소멸될 거라는 사실을 알고 마나의 흐름을 바꾸려고 사력을 다했다.

만일 방해가 없었다면 그런 시도는 성공했을지도 모른다.

어쨌거나 뢰벨르는 겨우 수천 년 만에 마왕 지위에 근접할 정도로 놀라운 성장을 이룩한 고위 마족다운 정신력과 의지를 가졌으니 말이다.

하지만 모둔과 앙헬에 이어 가온마저 마나의 흐름이 역전되었다는 사실에 환호하며 음양신공을 운공해서 마기를 흡수하는 데 전력을 다하자, 뢰벨르의 강대한 의지와 집요한 집착으로도 마기의 흐름을 바꿀 수가 없었다.

'이럴 수는 없어! 상대는 개미처럼 하찮은 인간이라고!'

방금 전까지만 해도 의기양양했던 뢰벨르의 얼굴이 창백

해졌다.

상대의 마나를 마기로 변환시켜서 흡수했던 양에 비해 빨려 나가는 양은 그 열 배에 달했다.

'이잇!'

절체절명의 상황을 맞이한 뢰벨르는 늘 하던 대로 빨려 나가는 마기에 의지를 담아서 인간의 마나로드를 흐르고 있는 마나의 패턴을 바꾸려고 시도했지만 소용이 없었다.

고위 마왕급 이상이 가진 강력한 의지라면 모르지만 고위급 마족에 불과한 뢰벨르의 능력으로는 모둔과 앙헬이 전력을 기울였고, 지금도 운공되고 있는 음양신공의 흡수력까지 가세하자 당해 낼 수가 없었다.

'왜! 왜 안 되는 거야!'

손과 이어진 상대에게 빨려 나가는 마기는 신성력과 바로 결합해 버린 것이다.

그 과정에서 신성력은 마기에 담긴 뢰벨르의 의지를 순식간에 소멸시켜 버렸다.

당연히 파장도 바꿀 수 없었고 오히려 자신의 의지를 담은 마기까지 인간의 마나 파장에 섞여 버려 빠르게 흘러가고 있었다.

결국 뢰벨르는 자신의 몸 안에 있는 마나에 의지를 부여해서 흐름을 막으려고 했다.

지금까지 빨려 나간 마기가 흡수한 것보다 더 많아서 아깝기는 하지만 강렬한 위험을 느꼈기 때문이다.

하지만 그사이에 뢰벨르의 마기는 성질이 바뀌어 있었다.

짧은 사이에 모둔이 그의 몸 안에 있는 마기에 자신의 의지를 실어서 지배권을 빼앗은 것이다.

'안 돼!'

급한 마음에 깍지 낀 손을 놓으려고 했지만 그것도 소용이 없었다. 손가락은 물론 온몸에 힘이 들어가지 않았다.

마기와는 완전히 반대가 되는 속성을 가진 신성력이 어느새 그의 몸 안에 침투해서 신경망을 장악하는 방식으로 힘을 쓸 수 없도록 방해한 것이다.

마계에서 태어난 이래 수없이 많은 싸움과 사냥을 했고 수없이 상대의 마나를 흡수했지만 이렇게 무력했던 적은 단 한 번도 없었다.

'이, 이건 꿈이야! 이럴 리가 없어!'

마왕 위는 물론 대마왕이 될 수 있을 거라고 기대했던 뢰벨르의 얼굴은 어느새 절망감으로 일그러졌다.

모둔과 앙헬의 전력을 다한 서포트를 바탕으로 가온은 자신의 에너지는 이미 다시 찾았고, 이젠 뢰벨르의 마기를 마구 빨아들이고 있었다.

주천이 거듭될수록 그 속도는 더욱 빨라졌고 마나오션에 쌓이는 음양기의 양은 폭발적으로 증가했다.

이전보다 몇 배는 더 빠르게 고속으로 회전을 하면서 압축을 시키는데도 불구하고 하복부의 마나오션은 벌써 꽉 차 버렸고 견디다 못한 마나오션이 세 배 이상 확장되었다.

하지만 그렇게 확장된 마나오션도 이내 가득 차 버리자 갈 곳을 찾던 음양기는 명치 부위의 마나오션으로 향했다.

텅 비어 있는 곳에 마나시드가 생성되기가 무섭게 음양기는 태극 문양을 그리며 더욱 빠르게 쌓였고 이내 그곳마저 확장을 했지만 가득 차 버렸다.

그곳이 가득 차자 음양기는 이번에는 다른 저장소로 향했다.

그렇게 음양기가 몸의 여섯 곳에 있는 마나 저장소를 가득 채웠다. 비록 뇌전기가 사라진 것은 아쉬웠지만 마나 자체는 크게 증가한 것으로 위안을 삼았다.

막 다섯 번째 마나 저장소에 음양기를 쌓기 시작했을 때 생각지도 못했던 문제가 발생했다.

'신성력이 부족해!'

흡수되는 마기의 양에 비해 신성력이 턱없이 부족했다. 그렇다고 균형을 잃은 불안정한 상태의 음양기를 쌓을 수는 없었다.

─걱정하지 마세요.

지금도 마족의 마기를 자신이 빨아들일 수 있도록 제어하고 있는 모둔이 의념을 보내왔다.

'방법이 있어?'

—그럼요. 양 속성을 가진 에너지는 신성력만 있는 게 아니랍니다.

하긴 오래전에 감당하기 힘든 양기를 흡수한 적이 있었다.

모둔의 의념이 전해진 직후 가온의 몸 안에 태양처럼 뜨거운 열기가 퍼지기 시작했고, 흡수되는 마기와 결합해서 음양기로 빠르게 바뀌기 시작했다.

'대체 이런 양기가 어디서?'

—제가 그동안 흡수한 에너지 중 한 가지예요.

처음 만났을 때 모둔이 해 준 얘기를 떠올린 가온은 고개를 끄덕였다.

그녀는 자신의 존재를 인지하기 이전부터 세상의 온갖 에너지를 흡수해 왔기 때문이다.

가온은 모둔 덕분에 한숨 돌리고 다시 연공에 전념할 수 있었다.

그러는 사이 다섯 번째에 이어 여섯 번째 마나 저장소가 거의 다 채워졌다.

'이게 고위 마족이 보유한 마기라니! 아직도 계속 흡수되고 있어!'

세 마나오션을 포함해서 여섯 곳의 에너지 저장소는 이전보다 세 배 정도 커졌지만 쌓인 양은 9배로 증가했다. 그만큼 많이 압축된 것이다.

하지만 그럼에도 불구하고 마기는 계속 흡수되고 있었다. 끝이 없는 것 같았다.

가온은 체감상 수천 번이 넘게 전신 주천을 해 왔지만 연공을 멈추는 순간 마족이 다시 마기로 변환시켜 흡수할 거라고 생각했다.

너무나 속절없이 에너지를 흡수당한 기억이 가온을 불안하게 했다.

그렇다고 달리 저장할 장소도 없는 상태에서 마기를 음양기로 바꾸게 되면 온몸의 세포 단위가 터져 나갈 것이다.

또 한 차례의 위기가 닥쳐왔다.

고심하던 가온의 눈이 번뜩였다.

'그렇다면!'

음양신공을 멈춘 가온은 곧바로 청류심법을 운공했는데 다행하게도 눈빛이 흐리멍덩해진 마족은 제대로 반응하지 못했다.

'된다!'

청류심법 역시 마족에게 흡수한 마기를 마력으로 바꾸어 심장 부위에 다시 마나링을 만들기 시작했다.

물론 모둔이 꾸준히 공급해 주는 양기 덕분에 음과 양 속성이 균형 잡힌 새로운 마력이었다.

심장 주위를 수평으로 도는 마나링은 금세 완성이 되었고 뒤이어 수직으로 도는 마나링 역시 완성되었다.

그렇게 십자 형태로 회전하는 마나링이 완성되자 더 이상 마나링은 늘어나지 않고 두께가 굵어지기 시작했다.

'제발!'

이젠 끊임없이 유입되는 마기가 반갑지 않았다. 마나 저장소를 모두 채우고도 남는 마나는 위험했다.

마족의 마기라서 그런지 성질 자체가 거칠고 무척 사나워서 신경을 포함한 세포를 파괴하는 것이다.

'제기랄!'

매직북을 통해 마법에 입문한 것이 너무 후회스러웠다. 일반 마법사들처럼 서클링을 더해 간다면 마기를 모두 서클링으로 만들 수 있을 테니 말이다.

그때 벼리가 의념을 보냈다.

─오빠, 정수리 부위의 마나 저장소를 비워요.

'신성력을 다 배출하라고?'

심안으로 확인해 보니 신성력은 시드를 포함해서 대략 8% 정도밖에 남지 않았다.

─네. 현재로서는 그곳을 비워서 음양기를 쌓는 것이 최선이에요.

벼리의 말이 맞기는 한데 걱정이 되었다.

'하룻밤이 지나면 음양기가 사라지는 건 아니겠지?'

아나샤와의 교합을 통해 매일 새롭게 채워지는 신성력이 음양기의 근간 중 하나이기에 당연히 가질 수밖에 없는 염려였다.

─그건 나중에 생각하고 일단 음양기가 그곳에 자리를 잡을 수 있을지 확인부터 해 봐야 해요.

가온은 벼리의 조언에 정신을 차리고 심법의 운공을 멈추고 다시 음양신공을 연공하기 시작했다. 그리고 갈 곳을 잃은 음양기를 정수리의 마나 저장소로 이끌었다.

원래 그곳에 자리를 잡고 있던 신성력이 음양기를 배척했다. 꽉 찼을 때와 비교하면 8푼 정도밖에 안 남은 신성력이었지만, 무단으로 침입하는 도적을 맞아 자신의 집을 지키려는 듯 그 기세가 무척 사나웠다.

지금까지 무난하게 섞여서 조화를 이룬 것과 달리 마지막까지 남은 신성력은 자신들이 마치 정수라도 되는 것처럼 음양기와 강하게 충돌했고, 가온은 마나 저장소 자체가 폭발할 것 같은 긴박한 위기감을 느꼈다.

'이곳은 아니야!'

그럼 다른 저장소를 찾아야 하는데 몸에 그런 곳이 있을 리가 없었다. 결국 가온은 마기를 방출하기로 결정했다. 마족에게 돌려줄 수는 없으니까.

그런데 막 방출하려는 순간 아깝다는 생각이 들었다.

'모둔, 혹시. 아!'

모둔에게 마족의 마기를 흡수할 수 있는지 알아보려고 했던 가온은 갈등을 정리했다.

'벼리 말대로 신성력을 모두 비워 내자!'

더 이상 신성력을 쓸 수 없다는 것은 너무나 아쉽지만 어쩔 수 없었다. 그리고 어차피 신성력은 자신의 것도 아니었고 자신보다 더 능숙하고 효율적으로 신성력을 사용할 수 있는 아나샤가 언제나 함께할 테니 포기하기로 결심했다.

가온은 분심까지는 아니더라도 의념을 분리할 수 있었다. 그 결과 음양신공을 연공하는 동시에 정수리에 있는 마나 저장소에 있는 신성력을 빠르게 방출하기 시작했다.

가온의 몸이 어느새 새하얀 백광에 휩싸이며 머리 뒤쪽에 후광이 생겼다.

"끄아아아악!"

거의 빈사 상태에 빠져 있던 마족은 새하얀 성광이 몸에 닿자 끔찍한 고통을 느끼며 비명을 질렀지만, 자신의 내부에서 일어나는 변화에 집중하고 있는 가온은 전혀 인지하지 못했다.

정수리의 마나 저장소에 있던 신성력이 모두 방출되어 온몸으로 퍼졌다. 하지만 체외로 배출되었던 신성력은 이내 강력한 흡인력에 의해 피부를 통해 다시 몸 안으로 들어왔다.

'모둔!'

모둔은 가온이 자세하게 얘기하지 않아도 알아서 양기의 배출을 멈추었다.

가온은 다시 마기와 신성력을 연료로 음양신공을 운공해

서 음양기를 만들어서 정수리의 빈 저장소로 밀어 넣기 시작했다.

가온은 전신에서 느껴지는 고통을 애써 참으며 연공으로 자신의 것이 된 음양기를 빈 저장소에 밀어 넣었다.

본래 신성력은 마나시드와 같은 핵이 없었음에도 이곳을 가득 채웠지만 음양기는 달랐다.

그래서 가온은 가장 먼저 마나시드를 생성하려고 했다.

그런데 놀라운 현상이 일어났다. 음양기가 마나시드도, 회전도 없이 채워지기 시작하는 것이 아닌가.

게다가 더욱 놀라운 것은 가득 채워졌다 싶으면 압축이 되어 여유 공간이 생겼고 완전히 다 찼다 싶으면 저장소가 확장을 해서 공간을 확충하는 방식으로 음양기가 다시 채워지기를 반복한다는 점이다. 다른 저장소에 축적될 때와는 완전히 달랐다.

그런데 그 과정에서 가온은 이상한 감각을 느꼈다. 체감상 정수리의 마나 저장소에 저장된 음양기의 양은 가장 많은 양이 축적된 하복부의 마나오션의 그것보다 서너 배 이상 많았음에도 아무런 문제도 없었다.

하지만 놀라기에는 일렀다. 마기의 양에 비해서 많았던 신성력이 가온의 의도나 의지와 상관없이 자신의 집이었던 정수리의 마나 저장소로 들어가기 시작했는데 음양기와 자연스럽게 섞여 버렸다.

음 속성인 마기보다 양 속성인 신성력의 비율이 높음에
도 불구하고 그곳의 음양기는 이상할 정도로 불안정하지
않았다.

'이럴 수도 있는 건가?'

아무튼 마족의 마기는 이제 거의 해결이 되었다. 빼앗겼던
음양기를 모두 되찾았을 뿐 아니라 마기와 신성력으로 새로
운 음양기를 이전과는 비교할 수도 없을 정도로 막대하게 축
적할 수 있었다.

뢰벨르는 수천 년 동안 키워 온 자신의 라이프젬과 영석이
거의 사라지고 이제 본원 마기로 이루어진 뿔과 함께 강철보
다 단단하게 만들었던 육체가 서서히 흩어진다는 사실을 감
지하고 자신의 소멸이 머지않았다는 사실을 인지했다.

대체 일이 왜 이렇게 되었는지 아직도 이해할 수가 없었
다.

이제까지 마나 탐식 스킬이 실패한 적은 몇 번 있었지만,
그들은 자신보다 훨씬 오래 살아온 격이 높은 고위급 마족이
었고, 실패라고 해 봐야 마기를 흡수하지 못하는 것이 끝이
었다.

반면 이 이상한 인간은 마치 자신처럼 마나 탐식 스킬을

익힌 것처럼 자신의 마기를 끊임없이 탐닉하며 흡수하고 있었다.

'나보다 더 사악한 놈!'

필시 자신의 능력을 숨기고 전투 경험이 부족한 것처럼 어수룩하게 굴어서 자신을 방심시켰을 것이다. 자신이 그랬던 것처럼 말이다.

'대마왕의 자리가 거의 손에 잡혔는데…… 좋아! 이대로 혼자 죽을 수는 없지.'

현재의 위기를 극복할 방도가 없어 결국 소멸하고 말 거라고 확신하는 순간 뢰벨르의 머릿속에 한 물건이 떠올랐다.

300여 년 전에 세 마왕과 함께 탐사했던 고대 마역에서 동료 수백을 죽이고 차지한 것으로, 고대의 잊힌 마왕이 한 항성에서 뽑아낸 양 속성의 에너지를 수없이 압축시켜서 만든 태양석이었다.

마나 탐식 스킬을 가지고 있는 뢰벨르는 마계로 돌아와서 당연히 태양석의 에너지를 흡수하려고 했지만, 폭발적으로 방출되는 가공할 양기에 하마터면 몸과 영혼이 타 버릴 것 같은 위험을 감지하고 황급히 멈추었다.

다행히 스킬을 발동하지 않은 상태였기에 뢰벨르는 태양석을 쥐고 있었던 손을 포함해서 한쪽 팔이 재가 되는 정도의 경미한 피해만 입었고, 태양석을 영혼과 연결된 아공간에 집어넣어 버렸다.

마나 탐식 스킬을 더 깊이 연구해서 흡수력을 제어하게 되고 고위급 마왕이라고 부르는 36마왕 중 하나가 되면 그때 태양석의 에너지를 조금씩 흡수할 생각이었다.

아마 그때의 위험을 겪지 않았다면 뢰벨르는 마나 탐식 스킬에 반전의 묘리가 숨어 있다는 사실도 알지 못했을 것이다.

자신의 의지와 상관없이 소멸의 길을 걷게 된 뢰벨로는 도저히 억울해서 혼자 소멸하고 싶지 않았다.

'내가 너는 데리고 간다!'

뢰벨르는 벌써 연결이 끊어지려고 하는 영혼의 아공간을 열고 그 안에 있는 태양석을 몸 안으로 이동시켰다. 육체는 꼼짝도 할 수 없지만 남은 영력으로 그 정도는 할 수 있었다.

화아악!

태양석에 미량의 영기로 충격을 가하자 엄청난 열기가 방출되었다.

'끄아아악!'

육신은 물론 영혼까지 타 버릴 정도로 어마어마한 열기가 끝까지 붙잡고 있었던 의식의 끈까지 태워 버렸다.

고통으로 일그러진 뢰벨르의 얼굴에 희미한 미소가 떠올랐다.

중첩되는 위기

'아아악! 이, 이게 뭐야?'

마족의 마기를 거의 흡수하고 음양신공의 연공을 멈추려
던 가온은 느닷없이 자신의 몸으로 유입되는 엄청난 열기에
눈을 치켜떴다.

'대체 이 열기는 어디에서?'

그 생각을 하는 찰나 열기가 마나로드는 물론이고 세포 단
위까지 퍼지더니 이내 온몸으로 확장되었는데 심안으로도
쳐다볼 수 없을 정도로 강렬한 빛을 동반하고 있었다.

가온은 인지할 수 없었지만 그의 몸은 어느새 인간의 눈으
로는 쳐다볼 수 없을 정도로 강렬한 빛무리에 휩싸여 있었
다. 가온을 둘러싼 빛무리는 마치 거대한 광구(光球)처럼 보

였다.

당연히 열기에 휩싸인 곳들은 순식간에 익기 시작했고 신경망까지 타 버렸는지 빠르게 감각이 사라지기 시작했다.

가온은 곧바로 음양신공을 다시 연공하기 시작했다. 하지만 가공할 열기로 인해서 마나로드의 벽이 아예 붙어 버려서 마나는 제 길을 가지 못하고 헤매기만 했다.

게다가 더 안 좋은 상황이 벌어졌다. 열기가 머리까지 올라와서 의식이 아득해지기 시작한 것이다.

이제까지 흐뭇한 미소를 지으며 가온의 운공을 돕고 있었던 모둔과 앙헬은 이제 사색이 되었다.

이미 몸까지 활활 타 버리고 있는 마족의 몸에서 가공할 열기가 빠르게 가온의 몸으로 유입되고 있었다.

만약 이 상태가 조금 더 지속된다면 가온 역시 마족처럼 몸 전체가 활활 타 버리고 말 것이다.

만약 가온이 그렇게 소멸되면 영혼의 계약을 맺고 있는 존재들은 모두 소멸할 수밖에 없었다.

상황의 다급함을 알아차린 카오스와 카우마, 녹스가 사색이 된 얼굴로 생명의 아공간에서 나왔다.

실체화가 불가능한 벼리와 파넬도 흐릿한 허상으로 의식을 잃어 가는 가온의 주위에 모습을 드러냈다.

─이대로라면 가온이 마족처럼 초고열에 타 버리고 말 거야. 누구 좋은 생각 없어?

정령 사이에서는 맏언니 노릇을 하는 카오스가 말했다.

-내가 일부는 흡수할 수 있지만 양도 그렇고 유입되는 기세도 압도적이에요.

카우마였다. 그녀가 비록 열의 정령이지만 능력을 되찾은 지 얼마 되지 않아서 태양석이 방출하는 초고열만 일부 흡수할 수 있을 뿐 나머지와 빛은 아예 흡수할 수 없었다.

-카우마, 그럼 당장 머리 부분의 열기부터 흡수해.

-알겠어요.

벼리는 정령은 아니지만 가온이 친동생처럼 생각하는 존재이기에 누구도 그녀의 말을 무시하지 않았다.

더욱이 지금은 가온의 목숨이 경각에 걸린 상황이니 카우마는 그녀의 말에 따라 바로 열기를 흡수하기 시작했다.

-카오스 언니, 아레오와 아나샤 두 언니가 지금 어디에 있는지 어떤 상태인지 확인해 주세요!

카오스는 레어 밖으로 향했다가 금방 돌아왔다.

-레어 밖에 있기는 한데 마족의 공격 때문에 내상을 입고 치료를 하는 중이야.

-하아! 두 사람이 있어야 하는데…….

-나도 열기를 흡수했으면 좋겠지만 지금 내 상태로는 그럴 수가 없어서 너무 안타까워.

카오스도 초고열과 빛 일부는 흡수할 수 있지만 그녀의 현재 그릇은 꽉 차서 진화를 앞두고 있었다. 그래서 더 채우면 소멸할 수도 있다는 사실을 잘 알고 있었다.

마누의 경우, 초고열과 빛과는 거의 상극인 기운을 가진 존재이기 때문에 아예 시도조차 하지 못했다.

그때 영체들이 차례로 입을 열었다.

—마족의 몸 안에서 방출되고 있는 열과 빛은 양 속성의 에너지야. 어떻게든 조화를 시키면 돼.

—그럼 필요한 것은 음 계열의 에너지네. 마기! 마기가 필요해!

—주인이 의식을 잃어 가고 있어! 카우마만으로 안 돼! 빨리 머리 부분의 열기를 없애야 해!

파넬의 의념에 정신을 차린 벼리가 파넬을 떠올린 생각을 앙헬에게 전해 주었다.

—내 마기로 주인님을 살릴 수 있다면 기꺼이!

화아아아.

벼리의 의념에 앙헬은 카우마에 이어서 자신의 마기를 가온의 머리 부분을 중심으로 방사했다.

치지지직.

마기가 이미 온몸을 잠식하다시피 한 초고열과 빛에 닿는 순간 경계면에는 마치 고열에 벌겋게 달아오른 철판에 찬물을 뿌린 것처럼 증기가 피어올랐다.

카우마와 앙헬 덕분에 마지막으로 남은 머리 부위는 열기와 빛에 잠식당하지 않고 버틸 수 있었다.

하지만 이건 미봉책에 불과했다. 지금도 끊임없이 마족의 몸으로부터 열기와 빛이 유입되고 있었고 그 흐름은 더욱 빨라지고 기세도 거칠어졌다.

앙헬과 정령들이야 아는 것이 별로 없지만 영체라고 할 수 있는 벼리와 파넬은 달랐다.

벼리는 갓상점에서 판매하는 스킬들을, 파넬은 자신이 아는 마법들을 빠르게 검토했다.

태양석에서 방출되는 열기와 빛은 카우마의 흡수 속도와 앙헬이 방사하는 마기를 금방 압도했다. 태양석에서 방출되는 에너지는 둘의 노력으로는 어찌할 수 없을 정도로 압도적이었다.

그 때문에 간신히 유지하고 있던 가온의 의식이 다시 흐릿해지고 있었는데, 그가 의식이 명료했다고 하더라도 지금의 상황은 어떻게 해결할 수가 없었다.

그때 벼리가 모둔을 불렀다.

ㅡ모둔 언니, 언니 능력으로 이 열기와 빛을 흡수할 수는 없는 거죠?

ㅡ둘 다 양 속성의 에너지고 시간만 있다면 흡수할 수는 있지만, 지금은 가온 님의 몸 안으로 유입되는 에너지의 흐름이 너무 빨라. 내가 에너지를 모으는 능력이 있지만 속도는 느려.

그게 문제였다. 태양석에서 방출되는 에너지의 양이 너무 많아서 그녀의 능력으로도 감당할 수가 없었다.

－빛은 몰라도 열이 너무 높아서 일반적인 마나 저장구는 금방 부서지고 말 거야.

－그럼 혹시 음 속성의 마나를 모은 것도 있나요?

－있어.

모둔은 지금 앙헬이 하듯 음 계열의 에너지로 태양석의 에너지를 중화해 달라고 부탁할 거라고 예상하며 준비를 했다.

－마지막으로 하나만 더 물어볼게요.

－얼마든지.

－언니, 인간의 육체로 실체화를 할 수 있죠?

모둔은 벼리가 그것을 왜 물어보는지 알 수 없었지만 고개를 끄덕였다.

－완벽한가요?

－내 생각에는.

벼리는 모둔이 다른 정령들과 마찬가지로 가온을 영혼의 반려자로 생각하는 것에 더해서 인간 여자처럼 그의 사랑을 받고 싶어 한다는 욕구를 조금은 눈치채고 있었다.

또한 정령들 중에서는 가장 능력이 높기에 그런 꿈을 구체화시키는 데 꼭 필요한 실체화에 공을 들이고 있다는 사실도 알고 있었다.

사실 다른 정령들도 인간의 육체로 실체화할 수 있지만 오래 유지할 수도 없을뿐더러 완벽한 인간의 몸으로 구현하진 못했다. 외형만 겨우 가온의 취향에 맞추어 구체화시킬 수 있을 뿐이다.

반면 모든 종류의 에너지를 흡수하는 능력이 있으며 그동안 엄청난 에너지를 축적한 모둔은 거의 완벽한 인간의 육체로 실체화할 수 있었다.

그렇지만 가온이 그 사실을 알지 못했고 그녀에게 필요로 하는 부분이 굳이 육체를 가지고 있어야 하는 것이 아니라 정령체로 충분하기 때문에 실체화를 하지 않고 지내는 것이다.

ㅡ언니, 혹시 오빠가 아레오 언니와 아나샤 언니와 함께 연공하고 있는 음양대법을 구경한 적이 있나요?

ㅡ……있어.

솔직히 매번 훔쳐보고 있었다.

모둔은 언제든 인간의 몸으로 실체화할 수 있을 정도의 에너지와 능력을 가지고 있었고 어느 순간부터 가온에게 이상한 감정을 품기 시작했다.

그건 아레오나 아나샤가 가온에게 느끼고 있는 감정과 아주 유사했다.

ㅡ음양대법은 마스터하기가 극히 어려워서 등급이 낮은 스킬이지만, 그것은 극치감이 찾아올 때 제대로 마나를 제어할 수 없는 인간이기 때문에 그렇고, 정령인 언니가 실체화를 한다면 충분히 양 속성의 에너지를 받아들여서 음 속성의

에너지를 통해서 조화를 이룬 에너지로 바꿀 수 있는 굉장한 비술이에요.

─설마 나보고 실체화한 상태에서 가온 님과 음양대법을 연공하라는 거야?

─네, 언니. 빨리요. 오빠가 조금이라도 의식이 있을 때 시작해야 해요. 여성 상위로 이루어지는 열두 체위부터 시작해서 양 속성의 에너지를 빨리 배출할 수 있도록 해야 해요! 얼른요! 망설이다가 오빠도 마족처럼 재도 못 남기고 소멸한단 말이에요!

모둔은 전혀 상상해 보지 못했던, 아니, 가끔 아니, 자주 상상은 해 봤지만 차마 영혼의 주인에게 말할 수 없이 속으로만 담고 있었던 내용을 급작스럽게 해야 하는 상황에 당황해서 정신이 없었지만, 일단 벼리가 시키는 대로 몸을 실체화했다.

실체화한 모둔은 다른 정령들과 달리 성숙하고 농염한 미모를 가진 숙녀의 모습이었는데, 뭐든 받아 줄 것 같은 포근한 분위기와 은은하지만 남자라면 자꾸 맡고 싶은 체향을 풍기고 있었다.

─일단 오빠를 눕혀야 해요.

벼리의 말에 모둔은 가온을 자리에 눕혔다. 그의 손을 맞잡고 있었던 마족은 이미 재가 되어 사라졌고 대신 손 안에는 초고열과 바라볼 수 없을 정도로 강렬한 빛을 방출하는

붉은 돌이 들어 있었다.

-이제 옷을 벗겨요!

모둔은 조심스럽게 가온의 옷을 벗기려고 했는데 체내의 열이 얼마나 높은지 속옷과 방어구는 벌써 곳곳이 녹아서 찢듯이 벗겨야만 했다.

평소에는 전혀 입은 티가 나지 않았던 파르도 초고열에 실체를 드러냈기에 벗겨 냈다.

그렇게 가온은 알몸이 되었다.

-이제 언니도 옷을 벗어야 해요.

옷까지 실체화시킨 상태였기에 모둔은 벼리의 말에 천천히 옷을 벗었다.

-…….

벼리는 알몸이 된 모둔이 발산하는 폭발적인 염기에 깜짝 놀랐다.

성숙하고 농염한 미모만큼이나 육감적인 몸매를 가지고 있는 모둔은 지금 그녀를 지켜보고 있는 정령들이 무의식중에 질투와 시샘의 시선을 던질 정도로 강렬한 성적 매력을 발산하고 있었다.

-일단 오빠의 물건을 발기시켜야 해요! 어떻게 하는지는 아시죠?

모둔이 고개를 끄덕였다. 물론 당연히 안다.

가온이 아레오와 아나샤를 상대로 음양신공을 연공하는

모습을 매번 지켜본 것이다.

모둔은 아레오와 아나샤가 그랬듯 손과 입을 사용해서 가온을 성나게 만들었고 벼리의 조언을 들어 가면서 음양대법을 연공하기 시작했다.

치이이익.

비결대로 행위를 할 때마다 실체화된 모둔의 육체는 감당하기 힘든 쾌감을 호소하며 정신을 아득하게 만들었지만, 모둔은 까마득한 세월을 살아온 정령답게 그때마다 정신을 차리고 체위를 바꾸어 가면서 가온의 몸에서 양 속성의 고열과 빛을 빨아들여서 자신의 음기로 중화시켰다.

실체화된 모둔의 몸은 당연히 음 속성의 에너지가 우세했고 교접 부위로부터 흡수한 양 속성의 에너지는 그녀의 몸 전체를 도는 긴 행로를 돌더니 조화를 이룬 에너지로 바뀌었다.

모둔은 그 에너지를 성기 부분을 통해서 가온의 몸으로 다시 주입했다.

음양대법의 내용대로 교합을 하면서 그런 일을 해야 하기 때문에 인간 여자에게는 거의 불가능한 일이었지만, 모둔에게는 충분히 가능한 일이었다.

모둔은 정말 벼리가 대단하다고 생각했다. 만약 평소처럼 에너지를 흡수해서 영혼의 파장으로 변환시켜 저장하는 방식이었다면 이 시간에 채 1할도 처리하지 못했을 것이다.

음양대법의 효과는 단순히 양기나 음기를 흡수하는 데 그치는 것이 아니다.

상대에게 흡수한 양기를 자신의 음기와 중화시켜 마치 음양기처럼 변환시킨 후 성기를 통해 다시 상대의 몸 안으로 보내는 과정이 있었다.

대법의 화후가 높아지면 질수록 음기와 양기의 교환이 빨라지고 오가는 음기와 양기의 양이 기하급수적으로 늘어나서 궁극적으로는 탈태환골을 할 수 있었다.

다만 문제가 있는데, 상대의 기운을 흡수하거나 자신의 기운을 방출할 때는 견디기 힘들 정도의 황홀감이 찾아와서 정신을 제대로 유지하기가 힘들었다.

모둔은 벼리가 교정해 주는 체위로 바꾸어 가면서 호흡과 깊이 그리고 횟수를 지켜 가면서 음양대법을 행했는데, 수시로 무너질 것 같은 위기감을 느껴야만 했다.

특히 양기를 빨아들일 때와 음기로 중화시킨 후 다시 방출하는 순간에는 마치 벼락처럼 수시로 전신을 강타하는 극도의 쾌감과 황홀감에 정신을 차리기 힘들었다.

그래도 이를 악물고 음양대법에 전념했다. 그녀에게는 그럴 이유가 있었다.

'바라던 대로 가온 님의 여자가 되었어. 그런데 인간 여자들은 사랑하는 남자와 성교를 할 때 이렇게 강렬한 쾌감과 황홀감을 느끼는 거구나. 그리고 이런 극치감을 경험할 때마

다 상대에 대한 애정이 더욱 강렬해지고. 나도 인간이 되고 싶어!'

모둔은 그런 생각을 하면서 최선을 다해서 음양대법을 펼쳤고, 한 번 흡수를 할 때마다 대량으로 양 속성의 에너지가 사라지니 금방이라도 타올라 재가 될 것 같았던 가온의 몸도 조금씩 제 색깔을 찾아가고 있었다.

하지만 가온의 몸 상태를 실시간을 확인하고 있는 벼리는 여전히 심각했다.

'모둔 언니만으로는 부족해!'

태양석에서 방출되는 열기와 빛은 그만큼 위험했다.

그렇게 모둔이 실체화한 육체로 음양대법을 펼치는 모습을 보며 다들 깊은 생각에 잠겨 있을 때 벼리의 의념이 앙헬에게 전해졌다.

─앙헬, 모둔 언니로도 양 속성의 에너지 유입을 감당할 수 없어.

─내가 어떻게 하면 되는데?

─오빠는 지금 의식이 거의 없는 상태니까 오빠 꿈속으로 들어가서 앙헬의 고유 능력을 발휘해 줘.

─나중에 주인님에게 혼나지 않을까? 내가 꿈에 나오는 것을 별로 좋아하지 않는데…….

─그건 아니야. 오빠는 너한테 빠질까 봐 경계하는 거야.

-정말?

불안하고 조심스러웠던 앙헬의 의념에 강렬한 기쁨의 감정이 떠올랐다.

-앙헬도 음양대법, 알고 있지?

-당연히.

서큐버스 퀸인 앙헬에게는 다른 누구보다 더 쉽게 배우고 익힐 수 있는 스킬이다. 함께 수련할 수 있는 상대가 없을 뿐이다.

-빨리해. 오빠 몸이 다시 뜨거워지고 있어.

-알았어. 고마워. 이 은혜는 언제건 꼭 갚을게.

앙헬은 '은혜'라고 표현했다.

마음은 있지만 자신은 마족이고 정령들에게 따돌림까지는 아니지만 경원시된다는 사실을 잘 알고 있는 그녀는 벼리의 배려에 정말 고마워하고 있었다.

'양 속성의 에너지를 빨아들여서 음 속성을 가진 내 마기를 조화롭게 바꾸는 건 원래 서큐버스 일족의 능력이라고.'

대량의 마기를 확보할 수 있는 절호의 기회이기도 하지만 언젠가부터 단순히 영혼의 주인이 아니라 남자로 연모하게 된 가온과 제대로 결합할 수 있는 기회였다.

서둘러 가온의 의식 속으로 들어가는 앙헬에게서는 서큐버스 고유의 폭발적인 색기가 흐르고 있었다.

용암 속에서 몸과 영혼이 타는 것 같은 고통에 시달리던 가온은 어느 순간부터 청량하고 시원한 느낌을 받고 본능적으로 그 기운을 찾아갔다.

'누구지?'

자신을 끌어안는 여인의 얼굴은 희미했고 몸매나 체향도 처음 접하는 터라 순간 망설였지만 여인의 몸에서 발산되는 맑고 서늘한 기운이 닿으니 살 것 같아서 자신도 모르게 강하게 끌어안았다.

그런데 여인은 놀랍게도 자신과 아레오 그리고 아나샤만이 알고 있는 음양대법을 잘 알고 있었고, 마치 대법을 함께 수련하자는 듯 열기에 늘어져 버린 그의 보물을 일깨웠다.

그리고 생면부지의 여인이 그의 몸을 타고 올랐는데 그녀와 교합을 하는 순간 말로 형용하기 어려운 감각을 느낄 수 있었다.

몸속에 태양을 품은 듯 그 무엇으로도 해결할 수 없었던 열기가 주기적으로 수그러든 것이다.

얼굴은 확인할 수 없었지만 감각으로 풍만한 몸매와 성숙하고 잘 익은 과일 향의 체향을 가진 그 여인은 뜻밖에도 이런 경험이 처음인 듯 아파하고 부끄러워했다.

여인이 몸을 앞으로 숙여 입맞춤을 하자 부드러운 입술로부터 끓어오르는 내부의 열기를 기분 좋게 식혀 주는 시원한 기운이 느껴졌다.

열기가 좀 가라앉자 가온은 부드럽고 다정한 애무로 여인의 딱딱하게 굳은 몸을 풀어 주면서 본능적으로 음양대법을 펼치기 시작했는데, 놀랍게도 여인은 이미 음양대법을 알고 있는지 그의 행동에 화답을 해 왔다.

그렇게 시작된 음양대법은 가온이 경험했던 것과 차원이 달랐다.

'이게 진짜 음양대법이야!'

아레오와 아나샤를 상대로 음양대법을 수련할 때는 두 여인은 물론 자신도 절정에 도달할 때면 쾌감을 참을 수가 없어서 반드시 해야 하는 과정을 빼먹거나 잊어버려 음기와 양기의 조화를 통해 서로의 기운을 증폭시키는 효과를 크게 볼 수가 없었는데 오늘은 달랐다.

체위에 따라 정해진 호흡과 행동 그리고 양기의 배출과 흡수 등 음양대법의 요체가 되는 비전들을 너무나 쉽게 펼칠 수 있었다. 여인이 너무나 자연스럽게 그런 과정을 유도해 주고 있었다.

여인은 계속 절정에 몸부림을 치면서도 가온에게도 절정감을 느끼게 만들어서 몸을 태워 버릴 것 같은 지독한 열기를 대량으로 연속해서 흡수하고 있었다.

여인은 열기만 흡수하는 것이 아니었다. 여인의 몸에서 음양기처럼 익숙한 기운이 결합된 부분을 통해서 주기적으로 자신의 몸 안으로 밀물처럼 들어오기도 했다.

'더 이상 저장할 곳이 없는데.'

그 순간 느껴지는 극도의 쾌감 속에서도 그런 걱정이 들었다.

그런데 놀라운 일이 벌어졌다. 음양기와 유사한 그 에너지는 마치 살아 있는 것처럼 스스로 머물 곳을 찾아가서 쌓이기 시작했는데 그곳은 다름 아닌 마나포인트였다.

원래 마나포인트는 마나를 저장하는 곳이 아니지만 지금은 신기하게도 그곳에 작은 회오리를 만들어서 시드를 만들고 마치 마나오션의 음양기처럼 강한 회전을 통해서 압축이되는 방식으로 마나포인트에 쌓이고 있었다.

하지만 위험은 아직 해결되지 않았다. 열기의 근원이 어디인지 알 수 없지만 열기의 유입은 여전했고 여인이 주기적으로 흡수를 하는데도 크게 줄어들지 않는 것 같았다.

더구나 생소하면서도 익숙한 상대 여성은 더 이상은 쾌감을 참기가 힘든 듯 호흡이 흐트러지고 있었다.

'이대로 열기가 계속 유입되면 몸은 물론 영혼까지 타 버릴 거야.'

그런 절박한 생각이 드는 순간 가온은 놀라운 감각을 느꼈다. 마치 자신이 둘로 나눠진 것처럼 느껴진 것이다.

'앙헬!'

꿈속에 나타나서 자신과 뜨거운 사랑을 나누었던 앙헬의 모습은 분명히 기억하고 있었다.

하지만 다른 생각으로 이어지기 전에 앙헬의 몸에서 발산되는 가공할 색기에 가온은 그녀를 탐하기 시작했고, 그녀는 놀랍게도 지금 알 수 없는 신비한 여자처럼 음양대법의 공법대로 움직이기 시작했다.

'시원해!'

음양대법의 비결에 체위와 호흡 그리고 양기와 음기의 방출과 흡수를 정확하게 맞추는 순간 대량의 열기가 몸 밖으로 빠져나가 한여름에 깊은 산골짜기의 계곡에 몸을 담그는 것처럼 몸과 영혼이 시원해졌다.

그리고 얼마 후에는 현실의 여인이 그랬듯 음양기처럼 친숙한 기운으로 바꾸어 자신의 몸 안으로 돌려주고 있었다.

그렇게 가온은 동시에 두 여인과 음양대법을 연공하기 시작했고, 그의 몸속으로 들어오는 태양처럼 뜨거운 열기와 빛의 1할은 두 여인에게 빨려 들어가고 나머지 9할은 두 여인이 열기 대신 돌려준 기운과 결합해서 수없이 많은 마나포인트에 쌓였다.

얼마나 시간이 지났을까. 마족과 싸운 것이 아득하다고 생각될 정도로 오랜 시간이 흐른 후 가온은 불현듯 정신을 차렸다.

'여긴?'

가온은 눈을 뜬 순간 자신이 골드드래곤의 레어 바닥에 알

몸으로 누워 있다는 사실을 깨달았다.

'어떻게 된 거지?'

벌떡 일어나며 주위를 둘러보는 순간 벼리가 의념으로 그간에 일어난 일들을 상세하게 설명해 주었다.

'그럼 모둔과 앙헬은?'

그렇게 묻는 가온의 마음은 혼란스러웠다. 앞으로 모둔과 앙헬을 어떻게 대해야 할지 알 수가 없었기 때문이다.

특히 모둔은 완벽한 인간 여자로 실체화할 수 있는 능력까지 있다고 하니 어떻게 처신해야 할지 모르겠다.

─오빠의 몸에서 흡수한 열기와 빛 에너지를 자신의 것으로 만들고 있어. 아마 다음에 나타날 때는 둘 다 진화를 했을 거야. 카우마도 그렇고.

카우마는 화염의 정령이니 당연히 자신의 문제를 해결하는 데 모둔과 앙헬만큼 큰 도움이 되었을 것이다.

'그럼 그 돌은 사라진 거야?'

가온은 이런 사태를 유발한 원인이 너무 궁금했다.

─아니. 3분의 2 정도가 남았어. 모둔과 앙헬이 음양대법으로 오빠의 몸속으로 유입된 열기와 빛을 흡수하는 동안 파넬이 찾은 영혼의 금제를 사용해서 더 이상 열기와 빛이 방출되지 않도록 봉인을 했어. 오빠 옆에 있어.

아래를 보니 아이 머리통 크기의 선홍색 보석이 보였다.

들어 보니 엄청나게 뜨거웠는데 심안으로도 내부를 살펴

볼 수가 없을 정도로 모종의 기운이 가득 차 있었다.

'대체 이게 뭐지?'

—그건 소멸한 마족만 알 거야. 다만 한창 나이인 항성, 즉 태양만큼이나 엄청난 에너지를 품고 있어. 영혼의 강한 파장으로 충격을 주면 활성화가 돼.

가온은 이리저리 살펴보다가 지금 자신의 수준으로는 이 물건을 제대로 알아볼 수가 없다는 결론을 내리고 아공간에 집어넣었다.

'벼리야, 고마워. 파넬에게도 진심으로 감사해. 원하는 게 뭐든 다 들어줄게.'

죽음의 문턱까지 갔던 그를 살려 주었으니 뭐든 들어줄 생각이다.

—마음만 받을게. 그리고 오빠가 없으면 내 존재도 없어.

—주인님과 저희는 공동운명체입니다. 그러니 전에 했던 약속만 지켜 주시면 됩니다.

둘 다 뭔가 바라는 게 없어 오히려 아쉬웠다.

어쨌거나 보스였던 마족이 사라졌으니 이제 차원석만 챙기면 이 던전도 클리어된다.

'내가 맡은 의뢰도 완수하는 거겠지?'

그렇게 추측을 하고 있으면서도 한편으로는 좀 불안했다. 뤼나웜만 처리하면 의뢰가 완수될 거라고 생각했는데, 그게 아니었던 경험 때문이었다.

그때 머릿속으로 안내음이 들려왔다.

-'마나탐식마'라는 이명을 가진, 서열 228위의 고위급 마족 뢰벨르를 소멸시키는 대위업을 세웠습니다! 보상으로 칭호, 특성, 스킬, 아이템, 명예 포인트를 획득합니다!
-레벨이 17 상승합니다!
-마나탐식마의 고유 스킬인 '마나 탐식'을 계승합니다!

처음 건 충분히 이해할 수 있지만 두 번째 내용은 너무 실망스러웠다.

'마왕으로 의심되는 무시무시한 마족을 겨우 처리했는데 레벨이 겨우 17밖에 안 오른다고?'

보상을 확인해 봐야겠지만 완전히 손해라는 생각이 들었다. 비록 음양기로 보상을 받기는 했지만 흑마력, 재생력, 뇌전기, 그리고 신성력을 모두 잃어버린 것이다.

'다른 건 몰라도 뇌전기나 신성력은 쓸 만했는데.'

가온은 아쉬운 마음에 손가락 끝에 뇌전기를 모으겠다는 의지를 잠깐 품었다.

"전이라면 푸른 전격이 생겼…… 헙!"

혼잣말을 하던 가온의 동공이 커지며 입이 떡 벌어졌다.

"이, 이건……."

분명이 뇌전기가 맞았다. 시퍼런 전격이 손가락 끝에서 방전하고 있었다.

'대체 이게 어떻게 된 거지?'

뇌전기가 축적되었던 어퍼오션은 지금 음양기가 대신 자리를 차지하고 있다.

가온은 심안 스킬을 발동해서 온몸 구석구석을 살펴보았는데 그 어떤 곳에서도 뇌전기를 발견할 수 없었다.

그럼 도대체 방금 전 발현했던 전격은 어디에서 온 것일까?

가온은 여전히 심안을 발동한 상태로 뇌전기를 발현해 봤다.

'음양기가 뇌전으로 바뀌었어!'

분명했다. 별다른 과정도 거치지 않고 그저 의지만 품었을 뿐인데 음양기가 뇌전기로 속성을 바꾸어 발현된 것이다.

'그럼 신성력도?'

가온은 단검을 꺼내 자신의 손가락 끝부분에 상처를 낸 후 홀리큐어 신성 마법을 써 봤다.

"된다!"

힘 조절이 잘못되었는지 깊게 베여 피가 뭉클뭉클 솟아 나오던 상처 부위에 새하얀 성광에 휩싸이더니 베인 흔적까지 사라져 버렸다. 너무나 말끔하게 상처가 치료된 것이다.

더 시험해 본 결과 정령력과 마기까지 사용할 수 있었다.

이렇다면 자신이 잃어버렸다고 생각했던 힘들이 실상 사

라진 것이 아니라 음양기에 흡수되었고 언제든 속성을 변화시켜 사용할 수 있게 된 것 같았다.

　죽음, 아니 마족의 장난감이 될 뻔했던 위기를 넘긴 것치고는 얻은 것이 너무나 많았다.

정리

'내 능력의 내용도 많이 변했겠네.'

가온은 상태창을 열어 에너지 카테고리를 확인했다.

−음양기 : 9,141,547 마력 : 1,845,052 영력 : 300,000

다양한 종류로 나뉘어 있던 에너지가 음양기와 마력 그리
고 영력으로 단출해져 있었다.

그런데 변경된 수치가 어마어마했다.

'음양기의 양이 900만이 넘는다고?'

이전에 가장 많았던 에너지는 신성력으로 대략 150만에
육박했지만 다른 에너지들은 기껏해야 40만 정도였다.

신성력을 제외하면 합쳐 봐야 160만 정도가 고작이었는데 무려 5배 이상 증가한 것이다.

'그런데 영력은 왜 이렇게 많이 오른 거지?'

영력은 변화가 없어야 정상인데 참 이상했다.

하지만 거기에 오래 신경 쓸 여유는 없었다. 마력의 변화도 대단했다. 마지막으로 확인했을 때 23만 정도였는데 지금은 8배 이상 늘어난 것이다.

가온은 믿기지 않아서 뚫어지게 상태창을 쳐다보며 한참을 확인하고는 헛웃음을 터트렸다.

'이건 정말 기연이라고밖에 할 수 없네.'

어떻게 이런 일이 가능한지 이해가 가질 않았지만 변화는 사실이었다.

가온은 내친김에 스텟까지 확인해봤다.

'대략 3할 정도 올랐네.'

마족에게 흡수한 것은 마기밖에 없는데 왜 스텟까지 올랐는지는 모르겠지만 가장 큰 변화는 민첩이었다. 이제 거의 4천에 육박했으니 말이다.

명예 포인트의 경우 마족을 처리하고 얻은 포인트를 합산해서 이제 900만을 넘겼다.

다음으로 스킬을 살펴보던 가온은 변경된 부분을 발견하고 고개를 끄덕였다.

'무음보, 질주, 점핑 앤 플라잉, 쾌보가 합쳐져서 S급 스킬

인 철월보신경으로 진화했어!'

음양기를 생각하면 이전의 무음보나 질주, 혹은 쾌보를 별도로 사용할 수 있을 것이다.

아마 다른 스텟에 비해 증가 폭이 현격했던 민첩의 경우 철월보의 창안으로 인한 보상분까지 합쳐졌을 것이다.

가온은 자신이 무의식중에 융합해서 창안한 철월보신경의 상세한 내용을 확인했다.

철월보신경

등급 : S
상세
-날개가 없이도 하늘을 날고 허공을 걸을 수 있으며 음속의 3분의 1에 해당하는 속도로 달릴 수 있다.
-스킬 레벨이 1 증가할 때마다 초속 60미터씩 빨라진다.

음속의 3분의 1이라면 대략 초속 110미터에 해당하는 빠르기로 움직일 수 있다는 말이다.

'그럼 스킬을 마스터하면 음속보다 더 빨라진다는 거네.'

음속이 대략 초당 330미터이니 그런 추정이 가능하다.

'만약 등급을 SS급으로 진화시킨다면 마하로 움직이는 것이 가능하겠어.'

헛웃음이 나왔다. 자신이 만들기는 했지만 참으로 엄청난 스킬이다.

그 밖에는 마나탄과 거대화 스킬이 각각 1레벨씩 올랐는
데 둘 다 S급이라는 점을 고려하면 충분히 만족할 수 있는
결과였다.

'그나저나 서열이 228위인 마족을 상대하면서 죽을 뻔, 아
니 언데드가 될 뻔하다니 나도 멀었네.'

가온은 자신의 경험 부족을 뼈저리게 느꼈다.

'지금부터라도 다양한 존재에 대한 정확한 정보를 모아
야겠어! 전술 전략도 좋지만 내 개인적인 전투력을 높여야
하고.'

가온은 그런 생각을 하며 이번에는 마족을 처단하고 획득
한 보상을 확인했다.

칭호는 예상대로 '마족 처단자'로 마족을 서열 228위를 기
준으로 그 위로는 1할, 아래로는 2할의 디버프 효과를 가지
고 있었다.

'언제 다시 마족을 상대할지는 알 수 없지만 이 정도면 괜
찮아.'

다음은 아주 오랜만에 받는 특성이다.

'터졌다!'

무려 트리플 에스 등급의 특성인 '마나의 주인'이다. 그것
도 기존에 가지고 있었던 마나 지체 특성을 흡수한 것으로
마나 지체의 내용까지 업그레이드가 되었다.

'마나 축적의 속도가 3배로 증가했을 뿐 아니라 마나의 성

질을 내가 알고 있는 마나의 그것으로 바꿀 수 있는 능력이라니!'

어쩌면 이 특성으로 인해서 잃어버렸다고 생각했던 흑마력이나 신성력 혹은 재생력을 발휘할 수 있는 것일지도 모른다.

'좋아! 다음!'

이제 아이템과 스킬은 아무래도 좋았다.

아이템은 별거 없었다.

그냥 백검이라는 이름을 가진 이 검은 무게와 크기를 의지로 변경할 수 있었는데, 평소는 물론이고 거대화 스킬을 사용하면 크게 도움이 될 것 같았다.

'마나 증폭율이 200%이니 큰 도움이 되겠어.'

마지막으로 스킬 보상을 확인했다.

'전투안?'

A등급으로 전투 시 자동으로 발동되며 상대의 움직임을 알아볼 수 있도록 동체 시력을 조정해 주며 공격의 흐름을 꿰뚫어 볼 수 있다는 설명에 이것 역시 만족할 수 있었다.

'이런 풍성한 보상은 오랜만이네.'

역시 자신은 던전에 들어와야만 한다는 사실을 다시 확인하는 기회가 되었다.

'그럼 이 반지는 마나탐식마가 남긴 유일한 유품인가?'

가온은 마족이 있던 자리에 남겨졌던 시커먼 반지를 들고 심안 스킬을 발동했지만 정보를 전혀 파악할 수가 없어 일단 아공간에 집어넣었다.

'던전을 클리어하고 나가면 갓상점에서 감정 스킬을 구입해야겠다.'

그동안은 딱히 필요성을 인식하지 못했는데 이젠 아니다.

'자, 이제 차원석을 챙기러 가 볼까.'

차원석은 아마 마족이 있었던 여섯 번째 방 안에 있을 것이다.

그런데 그곳으로 향하던 가온의 시선이 문득 허공을 향했다.

'아! 그러고 보니 마족의 스킬을 계승했다고 했지!'

포식이라는 평범한 이름의 스킬이었지만 고위급 마족의 고유 스킬이었으니 자세히 살펴볼 필요가 있었다.

마나 탐식

등급 : SSS
상세
- 상대와 접촉하는 순간 본인의 고유한 마나를 주입시켜 상대의 마나가 가진 성질을 자신과 동일한 마나 속성으로 바꾸어 흡수할 수 있다.
- 정혈은 물론 뼈와 피 그리고 영혼까지 모두 마나로 변환시켜 흡수하여 상대를 소멸시킬 수 있다.

가온은 무려 트리플 에스 등급의 스킬을 자세히 살펴본 후

신성력과 모둔 그리고 앙헬이 아니었다면 자신은 마족과 같은 최후를 맞이했을 거라는 사실을 알 수 있었다.

'다른 마족을 만나 보거나 들은 적이 없어서 모르겠지만 그런 놈이 228위라니 믿을 수가 없네. 어쩌면 놈은 그 막대한 마기를 제대로 사용할 수 없었을 가능성이 높아.'

어린아이가 보검을 가지고 엉성하게 휘두르는 모습이 연상되었다.

벼리와 파넬, 모둔, 앙헬, 카우마가 아니었다면 자신을 태워서 소멸시켰을 그 열기를 마족이 제대로 활용했다면 자신에게 살아날 가능성은 아예 없었다.

'마족만 그런 건 아니지.'

자신이 가진 것들을 제대로 사용하지 못하는 것은 자신도 마찬가지여서 반성하지 않을 수 없었다.

228위의 마족에게도 죽을 뻔했는데 서열이 더 높은 마족은 얼마나 강력할지 생각만 해도 소름이 끼쳤는데 스킬을 확인하고는 좀 안심이 되었다.

'앞으로 마계로 갈 일이 있었으면 좋겠네.'

마계의 존재들이 모두 마나탐색마라는 이명이 붙은 마족 같지는 않겠지만, 이번에 음양신공으로 흡수한 에너지가 워낙 막대했기에 잠시 그런 욕심을 내 보았다.

'앞으로 죽은 적을 상대로는 파워드레인을, 살아 있는 적을 상대로는 마나 탐식을 펼치면 되겠네.'

그렇게 마족에게서 얻은 스킬까지 확인한 가온의 눈은 이제 공동의 한쪽을 따라 나 있는 문들을 향했다.

'한번 확인해 볼까?'

그러고 보니 알몸이다. 보는 이는 없지만 얼굴이 붉어진 가온은 옆에 곱게 개여 있는 파르부터 착용한 후 적당한 방어구를 꺼내 입었다.

그 후에야 문들이 이어져 있는 곳으로 향했다.

우려와 달리 문은 손만 대도 열렸다. 주인 인식 마법이 아예 새겨지지 않았는지 손잡이도 없었지만 터치만으로 열리고 닫히는 문인 것 같았다.

가장 구석에 있는 첫 번째 방은 식료품이 잔뜩 쌓여 있었다.

도축된 상태로 벽의 갈고리에 걸려 있는 수많은 종류의 고기부터 시작해서 채소와 과일, 그리고 향신료까지 정말 어마어마한 양이었다.

'내가 이제까지 사 모은 것의 백 배 정도는 되겠네.'

이제는 더 이상 식량은 사지 않아도 될 것 같았다.

그 생각을 하던 가온은 다른 의문을 품었다.

'대체 어떤 마법진으로 이렇게 공간 확장을 한 거지?'

1천여 명에 달하는 스노족 결계술사들이 한방에서 지내면서 언데드 제작을 했다고 해서 대충 짐작은 했지만, 공동만큼이나 공간이 컸다. 그러니 그 안에 가득 채워진 식료품의 양은 대체 얼마나 될까?

'향신료들이 종류도 다양하지만 양이 엄청나네.'

설마 골드드래곤이 본체로 요리를 즐긴 것일까? 살아 있는 가디언들을 위한 식료품이라고 생각하기에는 너무 많은 양이었다. 게다가 왜 이렇게 많은 양의 향신료가 있는지 이해하기가 힘들었다.

'뭐 나야 좋지.'

이런 것을 마다할 가온이 아니다. 어딜 가나 챙기는 것이 버릇이 되어 있는 그는 안에 있는 식료품을 모조리 챙겼다.

두 번째 방에서 네 번째 방까지는 비어 있었는데 남은 흔적으로 보아 가디언들이 지내던 공간으로 보였다.

그래서 마음을 비우고 다섯 번째 방으로 들어간 가온은 깜짝 놀랐다.

'이게 다 뭐야!'

수없이 많은 무구가 벽에 걸려 있고 수많은 선반에 쌓여 있었다. 세월의 흐름에 전혀 영향을 받지 않은 다양한 양식의 갑옷과 무기 들이었다.

딱히 눈에 띄는 보물급은 없었지만 그래도 절대로 흔한 등급은 아니었다. 수량도 엄청나고. 종류별로 족히 수십만 개는 되는 것 같았다.

'이것들도 챙기자!'

무구를 모조리 쓸어 담은 가온은 이제 남은 방이 모두 비어 있다고 해도 전혀 실망할 것 같지 않았다.

일곱 번째부터 아홉 번째 방까지는 역시 비어 있었다. 앞에 비어 있던 방들처럼 드래곤의 가디언들이 지내던 공간인 모양이다.

열 번째 방은 헤러스에게 들은 대로 스노족이 갇혀서 언데드를 만들던 곳으로 재료 일부가 남아 있을 뿐 비어 있었고, 마지막 방은 아예 열리지도 않았다.

안에 뭐가 있는지 궁금했지만 더 이상 기대하지는 않았기에 쉽게 포기하고 마지막으로 마족이 거처하던 여섯 번째 방으로 들어갔다.

방 중앙의 바닥에는 아까 보았던 소환진이 엉망이 된 상태로 남아 있었고 그 주위에는 알 수 없는 가루가 높이 쌓여 있었다.

별거 없다는 생각을 하며 벽과 천장을 훑어보던 가온은 벽에 반쯤 박혀 있는 차원석을 발견하고 가루를 헤치고 그쪽으로 걸어갔다.

그런데 그때 갑자기 벼리의 의념이 전해졌다.

-오빠, 왼쪽 벽과 만나는 구석에 영혼을 담은 구슬이 있어요!

'영혼을 담은 구슬이라면 혹시?'

-맞아요! 마족을 소환했다는 리치의 영혼이 담긴 라이프 베슬이 틀림없어요.

가온은 벼리가 알려 주는 곳으로 가서 가루를 헤친 후에 기이한 파장이 물결치듯 표면에 변하는 문양을 만드는 수정구를 발견했다.

정말 라이프 베슬이었다. 일전에 파넬의 것을 봤기 때문에 확실히 알 수 있었다.

라이프 베슬을 손에 쥐는 순간 갑자기 생소한 의념이 전해졌다.

-츠츠즈즈. 들리나? 나는 이 라이프 베슬의 주인이자 위대한 골드드래곤의 가디언이었던 사령술사다. 날 도와준다면 드래곤의 보물을 주겠다.

보물이라는 말에 가온의 눈이 번뜩였다.

'어떤 보물이지?'

-골드드래곤이 남긴 뼈와 하트를 주겠다.

'드래곤 하트라고? 정말인가?'

자칫 세상을 멸망시킬 수도 있었던 위험한 마족을 소환한 리치였기에 괘씸한 마음에 가볍게 어울려 주다가 라이프베슬을 부숴 버릴 생각이었던 가온은 깜짝 놀랐다.

골드드래곤이 에인션트급이니만큼 드래곤 하트는 인간 기준으로는 무한대에 가까운 마나를 품고 있는 보물 중의 보물이다. 반응이 격렬하지 않을 수 없었다.

-그렇다, 인간. 일부는 소환진에 사용했지만 대부분이 남아 있지. 내 부탁을 들어주면 그중 절반을 주겠다.

드래곤 하트라면 어떤 대가를 치르고서라도 얻어야만 했다.

'어떤 부탁이지?'

─날 이곳에서 벗어날 수 있도록 해 줘.

'이곳이라면 당연히 레어는 아니겠지?'

─그렇다! 격리된 이곳을 벗어나고 싶다.

'라이프 베슬을 바깥세상으로 옮겨만 주면 되는 건가?'

─바로 그거다!

'보아하니 육신도 없는 리치인 것 같은데 왜 이곳을 벗어나려고 하는 거지?'

─그, 그건……

'알려 줄 수 없다면 이 거래는 끝이다.'

가온은 리치가 망설이는 것을 눈치채고 단호한 태도를 보였다.

─좋아! 말해 주지. 이곳을 벗어나야 내 영혼에 걸어 둔 드래곤의 금제가 완전히 풀린다!

'선금으로 드래곤 하트의 4분의 1, 밖으로 나간 직후에 나머지 4분의 1을 받겠다!'

정말 드래곤 하트인지 확인을 해야만 부탁을 들어주든지 말든지 할 것이 아닌가. 그 점은 리치도 잘 알고 있을 터다.

─그, 그건. 좋다! 마지막 방으로 가자.

가온은 라이프베슬을 들고 빠르게 걸어 마지막 방으로 향했다.

마지막 방은 예상대로 터치해도 열리지가 않았다.

'어떻게 열지?'

—손잡이 위치에 작은 흠집이 보일 거야. 거기에 내 라이프 베슬을 가져다 대면 돼.

혹시 마기로 여는 것일까?

가온은 리치가 말한 흠집 부위에 손을 대고 마기를 방사했지만 아무런 반응도 없었다.

할 수 없이 라이프 베슬을 그곳으로 가져다 대려는 순간 그의 움직임이 멈추었다. 벼리의 의념이 전해진 것이다.

—오빠, 잠깐만요! 드래곤의 가디언이었고 드래곤이 죽은 후에도 지금까지 살아왔던 리치의 말을 어떻게 믿어요.

—벼리의 말이 맞습니다. 같은 리치로서 부끄러운 얘기지만 사령술사는 믿을 수가 없습니다. 다루는 마나 자체가 성향을 사악하게 만들거든요.

벼리와 파넬의 말이 맞다. 상대는 최소한 수천 년 이상 살아온 사령술사 리치가 아닌가. 놈이 암계를 펼치면 어떤 위험에 빠질지 알 수 없었다.

그렇다고 드래곤 하트를 포기하고 당장 라이프 베슬을 부수는 것은 아까운 일이다. 무려 골드드래곤의 마나하트가 아닌가.

'가만!'

그러고 보니 자신은 새로 얻은 특성으로 인해서 어떤 종류의 마나든 자신이 알고 있는 마나로 성질을 바꿀 수 있었다.

가온은 오른손에 들고 있는 라이프 베슬에 극미량의 마나를 주입했다.

'이런 파장이군.'

라이프 베슬에 갇힌 리치의 영혼이 가지고 있는 마나의 성질과 패턴 그리고 파장을 확인한 가온은 문에 대고 있고 있는 왼손으로 그와 동일한 성질의 마나를 방출했다.

역시나 문이 부드럽게 열리기 시작했다.

—뭐야? 이거 왜 이래? 너, 이거 어떻게 한 거야?

경악한 리치의 의념이 전해졌다.

이제 라이프 베슬은 쓸모가 없어졌다. 놈의 영혼을 완벽하게 속박하기 전에는 말이다. 드래곤 하트가 좀, 아니 많이 아깝기는 하지만 위험한 물건은 빨리 치워 버리는 것이 나았다.

'내 능력으로는 절대로 이 리치의 영혼을 감당할 수 없어!'

결론을 내린 가온은 오른손에 음양기를 주입해서 라이프 베슬을 바닥을 향해 던졌다.

—안…….

퍽!

바닥에 부딪힌 라이프 베슬은 산산조각이 났다. 그만큼 강한 힘이 실렸기 때문이다.

리치의 영혼과 생명력 그리고 마력 일부가 들어 있는 라이프 베슬이지만 내구성은 아주 약했다. 영혼이 마력을 움직여 방호하지 않는다면 그냥 수정 구슬이나 다름없었다.

리치는 가온이 이렇게 급작스럽게 행동할 것이라고는 전혀 생각도 하지 못했다.

자신이 드래곤 하트를 언급한 순간부터 욕심에 매몰된 모습만 봤기 때문이다.

게다가 오랫동안 영혼을 잠식하는 마기로 인해서 베슬에 남아 있는 생명력과 마력은 거의 남지 않았기에 알았다고 해도 전혀 반응할 수가 없었다.

"속이 다 시원하네!"

위험 요소는 초장에 제거하는 것을 원칙으로 하는 가온이다. 거기에 벼리의 경고까지 더해졌으니 당연히 라이프 베슬을 가지고 있는 것이 불편했던 차에 문이 열리자 바로 부숴 버린 것이다.

라이프 베슬이 부서지는 순간 희뿌연 무언가가 안에서 조금씩 흘러나오기 시작했다.

—주인님, 리치의 영혼입니다!

피넬이 황급히 의념을 보냈다.

'라이프 베슬이 부서지면 리치의 영혼이 소멸하는 거 아니야?'

—그, 그래야 하는데 한때 에인션트급 드래곤의 가디언이

었기 때문에 다른 능력을 가진 것 같습니다. 아무튼 지금 리치의 영혼이 나오는 것으로 봐서는 당장 소멸할 것 같지 않습니다. 저와 다르게 제대로 된, 무려 수천 년 이상을 살아온 리치의 영혼입니다! 주인님께 어떤 해를 끼칠지 알 수 없습니다!

사실 가온도 리치의 존재가 꺼림칙해서 문이 열리자 곧바로 라이프 베슬을 부순 것이 아닌가.

─오빠, 아직 시간이 있으니 당장 영혼 속박술을 익혀야 해요!

다급한 벼리의 조언에 가온은 대답 대신 갓상점에 접속해서 사령술 카테고리를 훑었고 '영혼 속박' 스킬을 찾았다.

그런데 스킬의 가격이 하나가 아니다. 등급마다 가격이 각각 달랐다.

'수천 년을 살아온 리치라면 S급을 구매해야 할 텐데, 젠장!'

무려 1천만 명예 포인트이니 욕이 안 나올 수가 없었다. 포인트가 부족해서 당장 가지고 있는 금과 혹시 몰라 보관하고 있던 마정석 등 아이템과 사체까지 모조리 판매해서 간신히 액수를 맞출 수 있었다.

─빨리요!

벼리의 외침에 겨우 정신을 차린 가온은 하도 어이가 없어서 잠시 쳐다보고 있던 스킬북을 열었다.

순간 머릿속에 떠오르는 영혼 속박 스킬의 내용을 확인한 가온은 고개를 끄덕였다. 그리고 이제 막 형상을 갖추려는 영혼을 중심으로 빠르게 손을 움직이자 그 궤적에 따라 이제 그의 속성을 가진 마기가 마치 마정석 가루를 녹인 액체처럼 연결이 되었다.

위험을 감지했는지 형상을 갖추려고 하던 리치의 영혼이 연기처럼 흩어졌지만 때는 이미 늦었다. 이미 마기는 기하학적인 복잡한 문양을 이루어 리치의 영혼을 가두었다.

가온은 자신의 마기를 문양에 주입해서 더 이상 연기가 움직이지 못하도록 만든 후 주문을 외웠다. 그리고 강력한 의지로 리치의 영혼을 속박했다.

"한 번만 묻겠다! 내 권속이 되겠느냐? 아니면 소멸하겠느냐?"

들인 노력과 재화가 너무 아깝기는 하지만 스킬은 언제고 쓸 수 있을 테니 리치가 말도 안 되는 조건을 걸거나 시간을 끌면 가차 없이 소멸시켜 버릴 것이다.

그래도 다행한 것은 영혼 속박 스킬의 내용에는 영혼을 소멸시키는 세부 스킬도 있었다.

—……하아! 최상위 사령술까지! 뢰벨르를 죽인 것이 우연은 아니었군. 인간의 탈만 쓴 초월적인 존재였어. 애초에 내 상대가 아니었던 거야!

"어찌할 테냐?"

—알겠소. 제 영혼이 소멸할 때까지 주인으로 모시겠습니다! 신의 이름은 알테어 폰 로프디어라고 합니다.

결국 리치의 영혼은 가온에게 굴복했다. 가온은 리치의 영혼과 이어진 끈을 확인할 수 있었다.

"잘 생각했다, 알테어. 내 진명은 가온이다. 앞으로 잘 부탁한다!"

—오래전에 고룡 휘르바인에게 그랬듯 충성을 다하겠습니다.

그 말과 함께 리치의 영혼을 감싸고 있던 마기와 문양을 이루었던 마기가 영혼에 흡수되면서 연기처럼 흐릿한 신형이 모습을 드러냈는데, 영체인 듯 몸의 가장자리가 가늘게 흔들리고 있었는데, 용모를 알아볼 수 있었다.

"호오! 생각과 달리 꽤 미남이었군."

—황족으로 태어난 저는 한때 수많은 미인의 사랑과 질투의 중심에 있었던 시절이 있었습니다. 물론 그것에 질려서 사령술사의 길을 택한 것은 아닙니다. 본 제국을 멸망시킨 뒤 복수하려고 사령술을 익힌 저를 붙잡아 강제로 리치로 만들어 가디언으로 부린 골드드래곤에 복수를 하고 싶었습니다.

"방법이 있다면 내가 해 주지."

—아닙니다. 복수할 대상은 이미 우주의 티끌이 되어 사라졌고 활활 타오르던 복수심도 더 이상 남아 있지 않습니다.

아무리 발버둥 쳐도 운명의 질긴 그늘에서 벗어날 수 없다는 사실을 깨달았으니 그저 주인님을 보필하면서 다른 세상 구경이나 했으면 좋겠습니다.

본인의 의지로 영생을 꿈꾸지 않았기에 그런지 리치답지 않은 허허로운 대답이었다.

―그나저나 주인님은 던전화된 이 공간을 부수기 위해서 이곳에 들어오신 겁니까, 아니면 고룡이 남긴 유산을 얻으려고 오신 겁니까?

"둘 다."

고룡의 유산이 이곳에 있다면 당연히 챙길 생각이다.

―후후후. 욕심이 많으신 주인님이시군요. 영혼의 격이 저와 비슷한 존재 하나와 우주의 법칙에서 벗어난 존재까지 거느리신 분답습니다. 이 안으로 들어가실 필요는 없습니다. 드래곤의 유산은 제 영혼과 연결된 아공간에 들어 있습니다.

"어떤 유산들을 남겼지?"

―99.99%에 해당하는 드래곤 하트와 완벽한 본 그리고 용아병 22기입니다. 물론 휘르바인이 유희를 하면서 모은 보물들도 있고요.

"휘르바인은 어떻게 죽었지?"

가온이 플레이한 판타지 게임이나 읽었던 판타지 소설에 따르면 드래곤이 생을 마감할 때는 드래곤 하트와 본 모두 마나화되어 아무것도 남기지 않는다고 했다.

－스스로 목숨을 끊었습니다.

"자살을 했다고?"

　－네. 원래 소멸을 얼마 남겨 두지 않은 시점에서 로드가 찾아왔었는데 무슨 대화를 나누었는지 모르겠지만, 자살을 선택했습니다. 그래서 유산이 고스란히 남은 겁니다. 제 영혼과 연결된 아공간에 넣어 두었으니 언제든 말씀하시면 드래곤의 유산을 꺼내 드리겠습니다.

　됐다!

　이제 드래곤의 유산은 자신의 것이 된 것이다. 고양감이 치솟아 올랐지만 물을 것이 더 있어 표정 관리를 했다.

"어떤 이유인지 짐작이 가는 것은 없고?"

　－그 일이 벌어지기 얼마 전에 드래곤들과 천족들이 마족들과의 전쟁을 끝내고 상계(上界)와의 통로를 닫았습니다. 제 생각에는 세상의 균형을 맞추기 위해서 조율자라고 불리는 드래곤이라는 존재가 없어져야만 했던 것이 아닌가 싶습니다. 다른 드래곤들도 거의 동시에 자살을 선택한 것으로 알고 있습니다. 드래곤은 마계와 천계와의 통로가 존재하는 중간계에서 조율자 역할을 해 왔으니 말입니다.

"그렇군."

　그렇다면 이 던전의 원래 차원에서도 드래곤이 사라졌다는 말이다.

　그것으로 휘르바인이라는 고룡에 대한 관심이 사라졌다.

만날 일이 없으니 굳이 관심을 둘 이유가 없었다.

가온은 먼저 드래곤 하트만 확인했는데 크기는 생각보다 작아서 사람 머리통만 했다. 하지만 가온의 마나가 충격을 받을 정도로 강렬한 마나 파동을 끊임없이 방출하고 있어 드래곤 하트가 품고 있는 마나의 양을 짐작하게 했다.

—지금 바로 드래곤 하트를 섭취하는 것은 말리고 싶습니다.

'왜지?'

—드래곤 하트는 마족보다 더 거칠고 흉포한 성질을 가진 마나를 품고 있어서 미세한 조각이라도 가공 과정을 거치지 않고 섭취하면 미쳐 버리기 십상입니다. 제가 가공하는 방법을 알고 있으니 복용하시려면 저한테 말씀하십시오.

생각보다 훨씬 더 쓸모가 있을 것 같은 리치였다.

"알겠다. 앞으로 벼리와 파넬과는 잘 지내라. 필요한 것이 있으면 언제든지 요청하고."

—네, 주인님.

벼리나 파넬은 영체를 생성할 수 없었기에 앞으로는 권속인 알테어를 꽤 자주 불러낼 것 같았다.

던전 클리어

리치 사령술사인 알테어를 권속으로 받아들인 가온은 다시 중앙의 방으로 가서 차원석을 챙겼다.

당연히 던전 클리어를 알리는 안내음이 들렸지만 거기에는 신경 쓰지 않고 챙긴 차원석을 아예 생명의 아공간을 확장시키는 데 사용했다.

스노족까지 합류했으니 더 넓어도 될 것 같았기 때문이다.

다음으로 레어의 공동 이곳저곳에 널려 있는 성물과 신성력이 채워진 마나 저장구를 모두 챙겨 레어를 벗어났다. 얼마 안 지난 것 같은데 벌써 아침이 되었다.

가온이 레어 밖으로 나오자 기다리던 대원들이 일제히 환호했다. 안내음을 들었기에 가온이 마족을 처치한 사실을 알고 있었다.

당장 눈이 새빨갛게 변한 아레오와 아나샤가 날아오듯 그의 품에 안겼다.

두 여인의 독특한 체향과 말캉말캉한 촉감이 느껴지자 비로소 자신이 마족을 처치하고 던전을 클리어했다는 사실을 새삼스럽게 확인할 수 있었다.

'아!'

마족에게 일격을 가한 후 지환에 내상을 입었던 것을 떠올리며 황급히 마나를 방출해서 두 사람의 몸 상태를 확인해 봤는데 이미 치료가 된 모양이다.

"온 랑, 괜찮은 거죠?"

"안 다쳤어요?"

"괜찮아. 이게 모두 홀리필드진 덕분이야. 둘 다 너무 고마워."

가온의 몸 곳곳을 만져 보며 상처가 있는지 확인하던 아레오와 아나샤가 환하게 웃는데 눈물이 흘러내리고 있었다.

그렇게 두 사람과 짧은 해후를 마쳤을 때 기다렸다는 듯 사람들이 다가왔다.

"대장님, 수고하셨습니다!"

"대장님이 마족을 마계로 돌려보낼 수 있을 거라고 믿었습니다!"

모두 안색이 밝았다. 이들도 머릿속으로 전해지는 던전 클리어에 관한 안내음을 들었을 것이다.

가온은 잠깐 이렇게 말하는 대원들이 마족이 마계로 돌아
간 것이 아니라 소멸되었다는 사실을 알게 되면 경악해서 기
절하는 이가 나올지도 모른다는 생각을 했다.

"모두 고생했소. 다친 곳은 어떻소?"

마족에게 일격을 가한 대원들 모두 내상을 입었다는 사실
을 기억하며 물었다.

"대장님이 주신 비약과 두 참모의 치료 마법 덕분에 모두
말끔하게 치료할 수 있었습니다."

확인해 보니 그 말이 사실이었다.

"다행이오. 이제 우리도 이제 돌아가서 좀 쉽시다!"

언데드 필드는 아직도 석탄층이 타고 있어서 자욱한 검은
연기로 가득했다. 그래서 스노족 결계술사들이 다시 이동 결
계를 설치해야만 했다.

원래 출발했던 지점으로 복귀하자 그곳은 그야말로 광란
이 벌어지고 있었다. 이곳에서 언데드를 상대했던 대원들도
던전 클리어를 알리는 안내음을 들었기 때문이다.

"대장님, 고생하셨습니다! 모두들 고생했소!"

이곳에서 언데드 처리를 지휘했던 옹고트가 인사를 해 왔
다.

"아직도 언데드가 기어 나오나?"

"있기는 하지만 저급한 놈들이고 숫자도 크게 줄어서 문제될 것은 전혀 없습니다."

"피해는?"

"리자드맨 쪽은 전멸했지만 공략대는 피해가 거의 없습니다. 사망 34명, 중상 112명이 전부입니다. 중상자의 경우 비약을 먹고 회복하는 상태고요."

옹고트의 보고를 들은 단장들은 대승이라며 크게 기뻐했지만, 가온은 내심 씁쓸했다. 수가 적다고는 하지만 죽은 전사들이 마음에 걸렸기 때문이다.

'어떤 이유에서든 나와 함께하는 이들을 잃고 싶지 않다.'

그래서 더욱 압도적인 힘을 가지고 싶었다. 이제 마족의 힘까지 흡수했으니 아마 그런 뜻을 관철하기가 예전보다 쉬워질 것이다.

"고생했소. 다들 배가 고플 테니 이제 숙영지로 복귀하도록 하지."

말은 숙영지에 두고 왔지만 이곳으로 올 때처럼 조심스럽게 움직이지 않아도 되니 금방 갈 수 있을 것이다.

언데드는 더 이상 상대할 필요가 없다. 위협이 될 정도의 언데드는 남지 않았거니와 설사 있다고 해도 수가 적고 얼마 후에는 던전과 함께 소멸할 테니 말이다.

그렇게 숙영지로 돌아가는 전사들의 얼굴은 피곤한 기색이 역력했지만 눈빛은 형형했고 입꼬리는 높이 올라가 있었다.

"한 달이 지나면 던전이 소멸된다니까 서둘러 나가야 해!"

"보스까지 처리했는데 나가는 거야 문제가 될 게 없지!"

"언데드를 꽤 많이 잡았는데 포인트가 들어오겠지?"

"당연하지. 빨리 던전을 나갔으면 좋겠다."

대원들도 명예 포인트를 얻는 시점이 보스가 죽었을 때가 아니라 던전을 완전히 빠져나가는 순간이라는 사실은 들어서 알고 있었다.

"대장님이 돌아오실 때까지만 해도 아무 생각이 없었는데 배가 너무 고파!"

"그게 다 긴장이 풀어져서 그래, 빠져 가지고!"

피로감이 가득한 얼굴이지만 대원들의 발걸음은 가볍기만 했다.

가온은 그런 대원들의 모습에 자신도 모르게 미소를 머금었다.

"온 랑."

가온의 왼팔을 붙잡고 있던 아레오였다.

"왜?"

"그거 스킬이었어요?"

"뭘?"

"거인으로 변한 거 말이에요."

그러고 보니 공략대 수뇌부는 거대화 스킬을 발동한 모습을 목격했다.

"응. 한 던전에서 얻은 스킬인데 트롤이나 오우거와 같은 거대 몬스터를 상대할 때는 아주 유용하더라고."

"보는 사람들이 있을 때는 어지간하면 쓰지 말아요."

"왜?"

"그, 그게……."

얼굴을 붉히며 제대로 대답을 못 하는 아레오의 모습이 이상해서 이번에는 오른쪽에 있는 아나샤를 쳐다봤더니 그녀 역시 얼굴이 새빨갛게 변해 있었다.

'대체 왜? 아!'

그러고 보니 워낙 급하게 거대화 스킬을 사용한 터라서 속옷과 내의는 물론이고 방어구까지 갈기갈기 찢어졌었다.

그렇다는 것은 거대화한 상태의 그것(?)이 다른 이들의 눈에 고스란히 노출되었다는 말이다. 자신이 거대화할 때는 후와처럼 그곳을 감출 수 있을 정도로 긴 털들이 없으니 말이다.

'젠장!'

어쩐지 마족을 처리하고 나왔을 때 여인들이 하나같이 얼굴을 붉히고 남자들은 뭔가 크게 놀라거나 부러워하는 눈치였는데, 이게 다 그런 민망한 모습을 봤기 때문이었다. 다들 뛰어난 실력자인 만큼 시력도 좋았다.

'할 수 없지.'

예지몽으로
히든랭커

이럴 때는 모르는 척하는 것이 최선이다, 아니면 화제를 돌리든지.

"헤르나인!"

"네, 대장님."

헤르나인이 가온을 쳐다보더니 얼굴을 붉혔다. 아마 아레오의 말이 아니었다면 그녀가 왜 이런 반응을 보이는지 짐작하지 못했을 것이다.

"혹시 우리 인원이 모두 이동할 수 있을 정도의 대형 결계는 못 만드나?"

"그건 불가능해요. 결계로 이동할 수 있는 인원은 최대 100명이에요. 그런 결계를 작동시키려면 오크 순정석이 100개는 필요하고요."

그냥 분위기를 돌리려고 물어본 것이기에 더 이상 할 말은 없었다.

어차피 타고 온 말을 생각하면 이동 결계는 사용할 수 없었기 때문이다, 이동 거리도 짧은 편이고.

"아쉽군. 빨리 나가야 우리 대원들도 명예 포인트를 받아서 제대로 된 보상을 즐길 수 있을 텐데."

명예 포인트를 언급하자 함께 움직이던 수뇌부의 얼굴에도 짙은 기대감이 피어올랐다.

"그런데 갓상점을 통하면 경지를 쉽게 올릴 수 있다고 하던데 맞는 말인가요?"

이번에는 헤르나인이 물었다.

"누구에게 들었는지 모르지만 맞기도 하고 틀리기도 해."

"무슨 말씀인지?"

"다음 경지에 해당하는 깨달음을 얻은 상태에서 마나의 부족 문제를 가지고 있는 경우에는 영약을 구입해서 복용하면 바로 경지가 올라가지만, 그렇지 않은 경우에는 자신에게 부족한 문제를 해결할 수 있는 것을 구입해서 익히고 수련을 해야만 경지를 올릴 수 있어. 즉, 다음 경지로 향하는 방법은 얻을 수 있지만 본인의 노력이 없으면 그것도 소용이 없다는 것이지."

가온의 대답에 공략대 수뇌들이 조금 진정된 얼굴로 고개를 끄덕였다.

'하긴.'

지금의 경지에 오르기 위해서 남들보다 훨씬 더 많은 노력을 해 온 사람들이기에 가온의 말을 누구보다 잘 이해할 수 있었다.

"그래도 그게 어디예요. 자신에게 꼭 필요한 것을 구할 수 있는 기회가 주어졌는데요."

헤르나인의 말 또한 맞다. 제대로 된 마나 연공술과 검술을 익히기 위해서 수년, 수십 년에 걸쳐서 용병 생활을 하면서 돈을 모아서 은퇴한 전사들을 찾아다니며 가르침을 구하는 전사들이 한둘이 아니다.

'아무튼 우린 대장님을 만난 것이 최고의 행운이었어!'

마족의 무시무시한 경지를 엿본 수뇌들이기에 그런 생각을 품을 수밖에 없었다. 가온이 아니었다면 레어도 빠져나오지 못하고 모두 다 죽었을 것이다.

던전을 빠져나오는 여정은 들어왔을 때와 달리 아주 편했다. 공략대를 막아서는 마수나 몬스터가 전혀 없었기 때문이다.

'이런 규모의 전사 집단에 덤벼드는 마수나 몬스터는 당연히 없겠지.'

있다면 혼트롤이나 다크오우거 정도인데 오는 길 주변에 있는 놈들은 이미 없애 버린 상황이다.

'게다가 모둔이 던전 내부의 마기를 대부분 흡수했다고 했으니 어느 정도 지능이 있는 놈들은 바뀐 대기 환경에 바짝 긴장해서 숨죽이고 있을 테지.'

이제까지 변이 마수와 몬스터 들이 기승을 부렸던 것은 던전 내부의 농후한 마기의 영향일 가능성이 높았다.

가온이 직접 경험한 마기는 생물체의 기질을 급하고 공격적으로 만드는 효과가 강했다.

아무튼 방해하는 것이 없으니 최대한 빠르게 이동할 수 있었다.

그렇게 던전을 빠져나오자 모두에게 기대했던 보상이 쏟

아졌다. 공략대는 물론이고 게이트를 지켰던 엘프 전사들도 보상을 받은 것이다.

"이거구나!"

"하하하하!"

"드디어 갓상점에 접속할 수 있게 되었어!"

"당장 접속해 보자고!"

대원들은 던전을 나왔지만 바깥세상의 신성한 공기조차 느끼지 못하고 보상을 알려 주는 안내에 환호했다.

"푸훗!"

주위를 둘러보던 가온은 나직이 웃었다. 하나같이 허공을 쳐다보며 손가락을 움직이고 있었기 때문이다. 갓상점에 접속한 것이다.

물론 아레오와 아나샤는 예외였다. 두 사람은 다정한 눈으로 그를 지켜보고 있었다.

"두 사람은 얼마나 받았어?"

"전 18,200포인트와 완드, 그리고 스킬 진화권요."

"전 21,300포인트와 스킬 진화권요."

둘 다 업적 포인트에 더해서 아이템까지 받았으니 던전 클리어에 상당한 기여를 한 것으로 인정된 것이다.

두 사람은 가온이 어떤 보상을 받았는지 궁금한 얼굴이었지만 굳이 묻지는 않았다.

그런 태도에 가온은 적잖게 안심했다. 제대로 대답을 하면

무지막지한 차이로 인해서 마음이 상할 것 같았기 때문이다.

"우리도 갓상점에 접속해서 쇼핑이나 하자고. 한 번에 이렇게 많은 인원이 접속했으니 행여 당신들이 찍어 둔 물건이 동이 났을지도 모른다고."

위험 요소가 전혀 없으니 그래도 된다.

가온의 말에 정말 그럴 수도 있다고 생각했는지 아레오와 아나샤가 서둘러 갓상점에 접속했다.

'나도 보상을 확인해 볼까.'

사실 큰 기대는 하지 않았다. 마족을 처단하고 받은 보상과 그 과정에서 얻은 철월신경보만으로도 만족하고 있었다.

기대했던 것과 달리 보상은 스킬과 아이템, 그리고 추가 보상이 전부였다. 동일한 등급의 던전을 클리어한 경험이 있어서 그런지 보상이 아주 짰다.

'그럼 레벨부터 확인하자.'

상태창을 열어 본 가온의 입꼬리가 슬며시 위로 올라갔다.

'호오! 징그럽게 안 오르던 레벨이 드디어 551이 되었네.'

서열 200위 대에 있는 마족을 죽이고도 레벨은 겨우 17밖에 안 올랐다. 그것을 생각하면 레벨업 폭이 아주 컸다.

다음으로 확인한 것은 명예 포인트.

'딱 떨어지는 1천만이라.'

수천 년이 넘게 살아온 리치 알테어의 영혼을 지배하기 위해서 지출한 것도 동일한 포인트가 들어왔다.

명예 포인트만 생각한다면 본전이지만 얻은 것을 생각하면 포인트가 문제가 아니었다.

　그런데 상태창을 닫으려던 가온의 눈이 한 곳에 고정되었다.

　'이게 왜? 설마 추가 보상이 이건가?'

　이젠 무척이나 단출해진 에너지 카테고리에 뭔가 하나 더 추가되어 있었는데 믿을 수가 없어 몇 번이나 눈을 끔뻑거렸다.

　'신성력이 영구적으로 560만이나 올랐어!'

　기존에 보유하고 있던 신성력은 음양신공을 통해서 마기와 함께 음양기로 전환되었지만, 그보다 두 배가 넘는 신성력을 보상으로 받은 것이다.

　'이 세계의 신들이 그만큼 마족이 던전에서 나오는 것을 두려워했다는 거겠지.'

　그렇지 않고서는 자신들을 믿지도, 아니 들어 보지도 않은 비신자(非信者)에게 이렇게 파격적인 신성력을 선물하지는 않았을 것이다.

　'역시 내 무대는 던전이야.'

　던전이 아니었다면 이런 어마어마한 보상을 절대로 받지 못했을 것이다.

　이제는 정말 한없이 가벼운 기분으로 아이템부터 확인했는데, A급 이하의 스킬을 진화시켜 주는 진화권이 나와서 잠깐 고민하다가 일단 스킵해 두었다.

마지막으로 스킬북을 확인했다.

'광역 홀리큐어 스킬도 있는 거였어?'

신성력을 사용해서 다수의 환자를 신성력으로 치료하는 만큼 A등급 스킬이다. 당연히 막대한 신성력이 소모되기 때문에 엄청난 신성력을 보유하게 된 가온에게 아주 잘 어울리는 스킬이었다.

가온은 그 자리에서 바로 광역 홀리큐어를 익혀 버렸다. 그리고 스킬창을 확인해 보니 과연 변화가 있었다.

C등급이었던 홀리큐어 A등급으로 진화했고 정화 역시 D등급에서 C등급으로 진화했다.

'앞으로는 신성력을 팍팍 사용해야겠네.'

음양기를 신성력으로 바꿀 수는 있지만 신성력이 대량으로 생겼으니 팍팍 써 주는 것이 도리였다.

'그런데 왜 의뢰 완수가 안 된 거지?'

마기의 두 근원인 뤼나웜과 마족 던전을 처리했으니 차원 의뢰를 완수했다고 생각했는데 이상했다.

'골치 아프네.'

곧 이 세상을 떠나야 하는 아레오와 아나샤 때문에 내색은 할 수 없었지만, 무척 아쉬웠다. 이번에야말로 의뢰를 완수할 수 있을 거라고 생각했었기 때문이다.

가온이 그런 생각을 하고 있을 때 갈기족 단장들이 몰려왔다.

"대장님, 정말 감사합니다!"

울바르가 단장들을 대신해서 말을 꺼냈는데 다들 눈시울이 붉어진 것이 울 것 같은 얼굴이다.

"우트 신의 현신자로 할 일을 한 것뿐이오."

"대장님이야 그렇겠지만 이번 일을 통해서 저희 갈기족은 많은 것을 얻었습니다."

"맞습니다. 대장님 덕분에 던전과 갓상점에 얽힌 비밀도 알게 되었고, 많은 전사들이 성장할 수 있는 발판을 마련했습니다. 또한 함께 던전을 공략하는 과정에서 오랫동안 분열되었던 우리 갈기족이 통합할 수 있는 가능성도 엿볼 수 있었습니다."

바토르가 첨언을 하는데 격하게 고개를 끄덕이는 단장들을 보니 모두 동감하는 모양이다.

"사실 함께 던전을 공략하면서 마음을 터놓고 얘기를 나누다 보니 많지도 않는 우리 갈기족이 서로 싸워 온 것이 모두 초원을 둘러싼 제국과 왕국들의 음모 때문이라는 결론을 얻었습니다."

가온은 이곳의 정치 상황에는 별 관심이 없었지만 그들이 내린 결론에는 동의했다.

"나도 그렇게 생각하고 있었소. 그대들은 그동안 잘 훈련시킨 뛰어난 전투마와 수많은 가축을 가지고 있으면서도 거

예지몽으로
히든랭커

래에서 많은 손해를 본 것 같더군."

"맞습니다. 소금을 포함한 생필품 거래를 빌미로 여러 나라들이 우리를 분열시킨 겁니다. 그들은 약속이나 한 듯 우리가 강해지는 것이나 통합을 이루는 것을 어떻게든 방해해 왔습니다. 정작 우리는 그들의 땅에 욕심을 내지 않았음에도 그들은 우리를 잠재적인 적으로 간주하고 우리가 부를 쌓을 기회조차 주지 않았습니다."

이번 공략에서 크게 활약한 푸토마 역시 분개한 얼굴로 소리를 높였다.

"그래서 앞으로 어떻게 할 생각이오?"

"우리가 의도한 것은 아니지만 기왕 함께 모여 살게 되었으니 이 기회를 이용해서 진정한 통합을 이루려고 합니다. 각 부족의 족장이나 원로들의 승인을 얻어야 하지만, 우리 전사들은 갈기족의 역사가 시작된 파란 고원으로 이주하기로 했습니다."

"파란 고원?"

"초원의 정중앙에 있는 높은 고지대로 갈기족이 분열되기 전에 함께 모여 살던 곳입니다."

"훌륭한 결정을 내렸군."

안 그래도 인구가 적어 초원 주위의 나라들을 상대하기가 힘든 갈기족의 입장에서는 꼭 필요한 조치였다.

"하지만 문제가 하나 있습니다."

"뭐요?"

"파란 고원은 풍요로운 땅이지만 아주 오랫동안 와이번의 서식지가 되었습니다."

"그럼 와이번 때문에 그곳을 떠난 것이오?"

"꼭 와이번 때문만은 아닙니다. 일단 그곳은 농사는 가능한데 말이나 소와 같은 가축들이 좋아하는 허브 종류는 잘 자라지 않아서 목초지를 찾아서 하나둘 떠나게 된 겁니다. 그런데 와이번에게는 좋은 서식 환경이었는지 숫자가 급속도로 불어서 다시 그곳에 정착하고 싶어도 불가능했습니다. 그래도 갈기족 전사들이 하나가 되면 놈들을 몰아낼 수 있을 거라고 생각합니다."

와이번과 허브가 잘 자라지 못한다는 점 때문에 인간이 하나둘 떠나자 더 많은 와이번이 그곳으로 모여들었고 나중에는 돌아가고 싶어도 엄청나게 증식한 와이번 때문에 다시 돌아갈 수 없었다는 말이다.

"와이번은 내가 처리해 줄 수 있소."

와이번이야 수가 얼마나 많든 자신에게 귀속된 플라워스를 활용하면 어느 정도 정리할 수 있을 것이다.

가온의 말에 갈기족 전사들의 얼굴이 환하게 웃었다.

"차마 입이 있어도 말씀을 드리기 어려웠는데 대장님이 이렇게 나서 주시니 고마운 마음을 어떻게 표현할지 모르겠습니다."

자신이 문제점을 언급하자마자 기꺼이 와이번을 처리해 주겠다는 가온의 반응에 말을 한 푸토마를 비롯한 단장들이 감동을 받았는지 벌겋게 달아오른 얼굴로 연신 허리를 굽혀 인사를 했다.

가온이 달리 와이번을 처리해 주겠다고 나선 것은 이유가 있었다. 갈기족을 생각해서가 아니라 차원 의뢰가 완수되지 않은 이유가 와이번 때문이 아닌가 생각해서였다.

"하지만 와이번의 숫자가 너무 많습니다. 그동안 엄청나게 늘어나서 지금은 5천 마리는 될 겁니다."

"와이번이 그렇게 많다고?"

와이번은 최상급 비행 마수다. 보통 무리를 짓지만 혈연관계가 있는 100여 마리에 불과한데 파란 고원의 와이번들은 달랐다.

"네. 고원과 그 주위는 목축에 적합한 땅은 아니지만 크고 작은 호수가 있어 식생이 풍부해서 초식동물들이 엄청나게 많습니다. 그런 초식동물을 사냥하는 다양한 포식자의 숫자가 늘어나면서 와이번의 숫자 역시 엄청나게 늘어났습니다."

수백 마리가 아니라 5천여 마리에 가깝다면 플라위스만으로는 단번에 처리하기가 쉽지 않을 것이다.

"그런데 지금 생각해 보니 파란 고원과 관계된 수상한 정황이 있습니다."

수뇌부 회의에는 늘 참석했지만 과묵한 성격인지 한 번도 입을 여는 것을 본 적이 없었던 푸른 눈썹의 전사단장이 조심스럽게 입을 열었다.

"말해 보시오."

"저희 푸른 갈기족은 파란 고원을 떠나기는 했지만 가장 가까운 곳에서 목축을 하며 살아왔습니다. 그런데 10여 년 전부터 혼울프의 숫자가 급증한 것은 물론, 고원 위쪽에 많이 서식하는 들소와 야생마 들도 무척 사나워졌습니다. 마치 다른 종처럼 몸집이 커졌고 와이번 역시 이전보다 훨씬 더 강해졌습니다."

"설마 그 말은?"

바로 의심이 가는 것이 있었다.

"대장님이 생각하시는 것이 맞을 겁니다. 이곳만큼은 아니더라도 마기를 방출하는 던전이 고원에 생긴 것이 틀림없습니다. 터전을 옮기고 나서도 고향을 그리워하는 전사들이 가끔 그쪽으로 사냥을 가곤 했는데 변이한 동물들이 굉장히 많이 눈에 띈다고 했습니다. 그리고 그곳에 오래 머무르면 성격이 급해지고 감정 기복이 심해진다는 말도 했습니다."

아무래도 차원 의뢰가 완수되지 않은 것은 고원에 생성되었을 것이 분명한 던전 때문이리라.

그리고 그곳에서 흘러나온 마기가 고원과 고원 주위의 생물들에게 영향을 미친 것이고.

"일단 하고롱으로 함께 가 봅시다."

더 자세한 정보를 수집해야만 했다.

가온의 대답에 단장들은 눈에 띄게 안색이 밝아졌다. 자신들이 합공을 하고도 별다른 부상을 입히지 못했던 마족을 혼자 처치한 가온이라면, 와이번이든 변종이든 처리해 줄 수 있을 거라고 믿었다.

그날 저녁, 헤알을 위시한 달리아트족 수뇌부가 찾아왔다.

"하고롱으로 가신다고 들었습니다."

헤알이 먼저 입을 열었다.

"그렇소. 마기의 또 다른 진원지로 의심되는 곳이 있다고 하더군."

"단순히 갈기족을 보살피기 위해서 함께 가려는 것은 아닌 줄 알았지만 그런 사정이 있었군요. 저도 동행해도 될까요?"

"그대가 말이오?"

비록 자리를 후계자에게 물려주었다고 들었지만 헤알은 달리아트족의 수호전사였다.

"네. 대장님을 따라다니며 많은 것을 배웠어요. 이번에 던전을 공략하는 과정에서 큰 것을 얻기도 했고요."

갓상점 접속 권한과 명예 포인트를 얻은 것을 말하는 것이다.

"물리치지만 않으신다면 대장님을 따라가서 은혜를 갚고 싶어요."

"좋소."

헤알 정도의 실력자라면 이쪽에서 오히려 청해야 할 일인데 본인이 자청하니 당연히 받아들여야 했다.

"저희도 대장님을 따라가고 싶지만 일단 일족에게 돌아가 봐야 할 것 같습니다."

그동안 남다른 인연을 쌓아 온 야쿰바가 아쉬운 얼굴로 말했다.

"야쿰바, 이번 던전을 공략하는 데 그대와 그대 일족의 전사들이 큰 힘이 되었소. 이건 내가 따로 준비한 것이니 부디 일족을 위해 유용하게 사용하시오."

가온은 리치인 알테어가 보유하고 있던 드래곤의 보물 중 금으로 가득 채운 상자 하나를 야쿰바에게 주었다.

"허어!"

상자를 열어 본 야쿰바와 달리아트족 수뇌부는 눈을 가득 채운 샛노란 보광(寶光)에 잠시 입을 다물지 못했다. 그들의 금전 감각으로는 도무지 가치를 산정할 수 없을 정도의 보물이었다.

'과해! 과한데 도저히 안 받을 수가 없어!'

깊은 산속에서 자급자족을 하며 살 때와 달리 창궐한 마수와 몬스터로 인해서 삶을 터전을 잃고 한곳에 모여 사는 달리아트족에게는 금이 절실했다.

그곳은 안전하기는 하지만 워낙 험한 곳에 있어 농지도 없고 광산도 없어 구해야 할 것들이 너무 많았기 때문이다.

돈을 벌기 위해 외부로 파견된 전사들 중 수뇌부인 야쿰바도 처음 보는 양의 금이었기에 도저히 그 가치를 산정할 수가 없었다.

그동안 전사들이 벌어들인 돈에 이 돈을 합하면 안정적인 삶을 구가할 수 있는 터전을 충분히 마련할 수 있을 것이다.

"감사합니다!"

야쿰바와 헤알 등 달리아트족 수뇌부는 가온에게 진심으로 감사했다.

전사들의 경지를 올릴 수 있는 방책을 마련해 준 것도 부족해서 한동안 일족이 부족함 없이 사용할 수 있는 금편까지 주었으니 그럴 수밖에 없었다.

자리는 더욱 화기애애해졌다.

"대장님, 저도 대장님과 함께 움직이고 싶어요."

눈치를 보던 차링이 기어코 자신의 진심을 드러냈다.

"차링이 동행한다면 큰 도움이 되겠지만 가족을 못 만난 지 오래되지 않았나?"

"가족이 그립기는 하지만……."

차링은 왠지 이번에 헤어지면 다시는 가온을 못 만날 것 같은 생각이 들었다.

"거둬 주십시오, 대장님. 마음 같아서는 저도 따라가고 싶지만 일이 많아 그럴 수는 없고 차링이라도 곁에 두어 잡일을 돕도록 해 주십시오."

막내 여동생이 가온을 연모하는 마음을 짐작하고 있는 야쿰바까지 거들자 가온은 흔쾌히 그 부탁을 받아 주었다.

그렇게 하고룡으로 함께 인원이 정해졌다.

아니테라

가온과 예속 계약을 맺은 이들은 이제 아니테라라는 이름
으로 불리는 생명의 아공간으로 복귀했다.

미리 가온으로부터 의념을 통해 그 소식을 들은 주민들이
모두 환영하러 나왔다.

"수고했네. 죽은 이 하나 없이 몸 건강히 돌아왔으니 우리
일족의 복이야!"

에르넬 원로가 엘프족을 대표해서 시르네아를 위시한 전
사들을 환영했다.

"이게 모두 가온 님 덕분이에요."

엘프 전사들은 던전 공략에 진심으로 임했고 예외 없이 보
상을 받았다. 가온이 활약할 기회를 주었음을 모르는 전사는

없었다.

"알고 있으니 재차 언급하지는 않겠지만 그분이 우리의 주인임을 잊지 말아야 할 것이다."

주인이라는 단어에 자신도 모르게 거부감을 느끼고 눈살을 찌푸리는 전사들이 없는 것은 아니었지만 눈에 띄는 반발은 없었다. 어쨌거나 예속 계약을 한 것도 사실이고 가온이 엘프족을 특별하게 대하는 것은 확실했다.

전사들이 해산하고 가족들과 만남을 가질 때 시르네아를 포함한 대전사장들은 원로들과 따로 만났다.

"롭 대전사장, 이번 여행에서 무엇을 얻었나?"

베이린 원로가 일족을 대표하는 대전사장 롭을 보며 물었다. 원로들도 지금은 갓상점의 존재를 알고 있었다.

"우리 엘프족 전사들에게 적합하고 체계적으로 가르칠 상급 검술을 얻었습니다."

롭은 다른 엘프족 대전사장들과 협의한 대로 갓상점에서 검기를 효율적으로 사용할 수 있는 상급 검술을 구입했다.

베이린을 시작으로 각 부족의 원로들은 대전사장들에게 얻은 것을 확인했고, 아직 부족의 뿌리를 은연중에 생각하고 있는 자신들과 달리 대전사장들이 하나가 되어 엘프족 전체 차원에서 필요한 것들을 얻은 것에 크게 기뻐했다.

원로들이 추구하는 진정한 화합과 통합에 가장 큰 걸림돌이었던 전사들의 의식 전환이 몇 번의 파견을 통해서 자연스럽게 이루어지고 있었다.

이제 엘프족 전사들의 실력은 빠르게 높아질 것이 분명했다. 가족 혹은 부족 차원에서 주먹구구식으로 이루어지는 교육과 훈련이 아니라 전사의 실력과 성장에 필요한 단계별 교육과 훈련이 가능해진 것이다. 그렇게 화기애애한 분위기에서 에르넬 원로가 입을 열었다.

"혹시 가온 님의 마음을 사로잡은 엘프는 없나?"

그 말에 대전사장들은 일제히 시르네아를 쳐다봤다.

대전사장 중에서는 그녀 외에도 두 명의 여성이 더 있기는 했지만 시르네아가 가장 가까웠기 때문이다.

시르네아는 무표정한 얼굴로 고개를 저었지만 내심은 굉장히 복잡했다.

"마음이 가지 않는데 강요할 수는 없는 일이지만 가장 먼저 가온 님에게 예속되어 이 땅에 가장 먼저 자리를 잡은 우리 엘프족의 안정과 미래를 위해서라도 한 명 정도는 가온 님의 여인이 되었으면 좋겠네. 우리 또한 넌지시 가온 님께 청하겠지만 애정이라는 것이 강요로 이루어지는 것은 아니니 시르네아 대전사장과 다르엘 대전사장, 그리고 로엘린 대전사장은 인간 여성처럼 여성미를 드러낼 수 있는 화장술과 미혹술을 익힐 필요가 있다고 생각하네. 어떤가? 혹시 싫다면 전사나 일반인 중에서 선발을 하겠네."

시르네아가 살펴보니 에르넬 원로의 말에 다른 원로들이

고개를 끄덕이고 있었다.

'이미 원로들께서는 논의를 끝낸 모양이군.'

시르네아는 자신과 함께 거명된 다르엘과 로엘린을 보았는데 얼굴이 상기되어 있었다.

'저들도 나처럼 가온 님을 남자로 받아들였구나.'

자신만 가온을 남자로 연모하는 것이 아니라는 생각이 들자 혼란했던 마음이 정리되는 것 같았다.

"알겠어요. 배울 수 있다면 최선을 다해 배우겠어요."

시르네아가 그렇게 의사를 밝히자 다르엘과 로엘린도 붉어진 얼굴로 같은 의사를 표명했다.

"의외로 모라이족 여성들이 화장술부터 시작해서 방중술까지 남자들을 유혹하는 다양하고 높은 수준의 미혹술을 익히고 있으니, 그들에게 배우도록 하지. 알름 족장에게 얘기를 해 둘 테니 일단 일주일 정도 휴식을 취한 후 모라이족을 찾아가게."

그렇게 의견이 정리되려고 했을 때 강인한 뿌리 일족의 대전사장 다트가 조심스럽게 입을 열었다.

"원로님, 이번에 함께 던전을 공략한 이들 중 우리의 피가 섞인 인간들을 만났습니다."

"달리아트족이라고 들었네."

강인한 뿌리 일족의 원로인 마르셀이 자애로운 얼굴로 그의 말을 받았다.

"전사들 중 십여 명이 그들과 함께하면서 호감 이상의 감정을 품은 것 같습니다. 혹시 그들과 인연을 가져도 될까요?"

"당연히 가능하지. 아니, 그래야만 하네. 아쉽지만 우리 엘프족은 더 이상 순혈을 고집할 상황이 아니야. 벌써 오래전부터 피가 짙어져서 임신율이 크게 떨어지고 결함이 있는 아이들이 태어나는 상황이라는 점은 그대들도 알 것이네. 우리와 전혀 다른 인간도 아니고, 절반이지만 우리의 피가 섞였으니 오히려 그들과의 결혼을 장려해야 하네."

"마르셀 원로의 말이 맞아. 가온 님이 이곳을 떠나 다시 탄 차원으로 돌아가면 언제 엘프족과 다시 만날지 알 수 없는 상황이야."

그렇게 원로들이 긍정적으로 받아들이자 다트가 희색이 되었고 시르네아가 그 문제를 가온과 상의해 보기로 했다.

나가족 전사들은 새로 마련한 일족의 주거지가 무척이나 마음에 들었다.

"잠시 살펴본 것보다 훨씬 더 좋은 곳이네."

"그렇습니다, 퀸. 마수나 몬스터는 전혀 없으며 지상에는 다양한 곡물과 과일이 자라고 있으며 물에는 수없이 많은 물고기가 있고, 수중 동굴에는 향긋하고 맛있는 이끼들도 잔뜩 심어 두었으니 먹을 것을 걱정할 필요도 없습니다. 더구나 마나가 충만한 곳이라서 벌써 임신한 여자들이 속속 나오고 있습니다."

던전 공략에 참여한 예하와 나가라자들을 대신해서 주거지 건설 및 기존에 이곳에 자리를 잡은 아인종과의 관계를 책임졌던 라이펀이 만족한 얼굴로 대답했다.

"일족의 운명을 너무 쉽게 결정한 것이 아닌가 걱정했는데 마음을 놓아도 될 것 같아."

"그게 어디 퀸의 고집과 독단으로 이루어진 결정입니까. 모두 신이 말씀하신 대로 따른 것이지요. 아! 그리고 새로운 성물이 나타났습니다."

"서, 성물이? 진짜인가?"

성물은 신의 의지를 전하는 수단이기도 했지만 유사시 신의 힘을 빌릴 수 있는 귀중한 도구였다.

"네. 제단을 마련해 두고 아침저녁으로 기도를 올리기는 했지만, 아무것도 없었는데 며칠 전에 성물이 홀연히 제단 위에 모습을 드러냈습니다."

"당장 가 보자!"

퀸 예하가 나가라자들과 함께 급하게 기도실로 마련한 수중 동굴로 향했다.

과연 제단에는 신성한 빛을 방출하는 알 모양의 성물이 세워져 있었다.

"오! 데롯이시여!"

신탁을 따르기는 했지만 이곳이 가온의 영혼과 연결된 아공간 속임을 알고 있었던 예하와 나가라자들은 행여 그들의 신이 이곳에 이르지 못할 것을 염려했었다.

그런데 놀랍게도 신의 의지는 이곳에까지 이어진 것이다.

"그렇다면 가온 님도 데롯님의 은총을 받은 걸까?"

예하가 중얼거렸다. 그럴 가능성이 높았다. 은총까지는 아니더라도 그가 허락을 했으니 그들의 신이 이곳에 임한 것이리라.

"그보다는 데롯님께서도 우리가 이곳에 거처하는 것이 좋다고 생각하신 것이 아닐까 싶어요."

카릴이었다.

"그렇게 생각하신단 근거는?"

"가온 님이 신성력을 사용하는 것을 한 번 보았는데 이상하게 익숙한 느낌이 들었어요. 처음에는 그럴 리가 없다고 생각했는데, 나중에 곰곰이 생각해 보니 데롯 님의 고유한 힘이 섞여 있었어요. 어쩌면 우리를 보호하는 대가로 데롯님께서 가온 님에게 신력을 어느 정도 하사하신 것이 아닐까요?"

카릴의 대답에 예하가 곰곰이 생각해 보니 자신 역시 비슷한 느낌을 받은 적이 있다는 것이 기억났다.

"카릴의 추측이 맞는 것 같아."

다른 나가라자들도 비슷한 의견이었다. 심지어 한 나가라자는 가온에게서 신과 같은 느낌을 받았다고까지 말할 정도였다.

"아무튼 가온 님이 데롯님의 은총을 받은 것은 사실인 것 같아. 그러니 당연히 우리가 의지할 수 있고. 이곳에서 우리 일족의 새로운 미래를 건설해 보자고. 전사들은 이번에 받은 보상을 이용해서 최대한 빠르게 실력을 높이고. 그래서 가온 님이 어떤 상황에서든 우리 일족을 이곳에서 쫓아낼 수 없을 정도로 공을 세우자고."

"넷!"

퀸의 말에 나가라자들이 일제히 큰 소리로 대답했다.

스노 일족의 결계술사들과 전사들도 새로운 터전에 도착했다.

"오! 이 왕성한 생명력이라니!"

"마나가 이렇게 농밀한 곳은 처음입니다!"

"지하가 아니라 울창한 숲속이라서 더 좋은 것 같아."

그들의 새 주거지는 햇빛이 거의 들어오지 않는 울창한 숲속이었다.

가는 빛줄기가 새어 들어오기는 하지만 그 정도로는 빛에 과민하게 반응하는 스노족의 유전병이 발작하지 않았다. 아니. 오히려 신선하고 맑은 공기는 그들의 허약한 몸을 건강하게 만들 수 있었다.

비록 나무로 만든 집이지만 아주 오랜만에 마음 놓고 쉴 수 있었고 기존에 이곳에 자리를 잡고 살아온 엘프족과 모라이족이 내준 곡물과 과일 그리고 육류는 거대한 창고 세 개를 가득 채우고 있어 보기만 해도 배가 부를 정도였다.

늘 습하고 한기가 가득한 협곡 바닥의 구석에서 지내 왔던 스노족은 아주 오랜만에 일족 모두 집 밖에 나와서 함께 식사를 하고 이번에 던전 공략에 참여한 이들을 중심으로 모여서 얘기를 나누며 회포를 풀었다.

다만 헤르나인 등 수뇌부는 따로 모여서 마을 건설을 주도했던 원로의 보고를 받았다.

"우리 스노족에게 할당된 영역이 이곳을 중심으로 10만 보거리라고?"

"그렇습니다. 일단 그렇게 결정한 것일 뿐 우리가 개척한 땅은 우리의 영역으로 인정해 주기로 다른 부족과 협의를 마쳤습니다."

"그럼 우리가 내주어야 할 것은?"

"없습니다. 이곳은 개척할 땅이 넘치는 곳입니다. 얼마 전에는 더 넓어지기도 했고요. 우리보다 먼저 이곳에 자리를 잡은 엘프족 원로들과 모라이족 족장은 우리에게 바라는 것은 이 땅을 더욱 풍요롭고 평화로운 곳으로 만드는 것밖에 없다고 했습니다. 그것이 이 땅의 주인인 가온 님이 유일하게 바라는 것이라고요."

"가온 님에게 주기적으로 바쳐야 할 것은?"

"그런 건 없답니다. 자진해서 그들이 수확한 과일이나 빚은 술 혹은 영약과 같은 물건을 드리긴 하는데, 가온 님은 고맙게 받을 뿐 강요하지 않는다고 합니다. 처음에 우리에게 말한 것이 모두 사실인 것 같습니다."

"욕심 많은 인간이 바라는 것도 없이 이렇게 안전하고 풍요로운 땅을 우리에게 준다고?"

스노족에게 유일하게 채워진 구속은 예속 계약이지만 일방의 의사만으로 해제할 수 있는 가벼운 수준이었다.

"믿어지지 않지만 사실입니다. 눈치를 보아하니 그들도 행여 가온 님의 마음이 변할까 두려워 자진해서 수시로 공물을 바치는 한편 전사들을 파견해서 돕는 것 같습니다."

"그 정도로 괜찮다?"

"이곳에 자리를 잡은 지 얼마 되지 않아서 아직 미진한 부분이 있습니다. 달에 한 번씩 종족 대표자 회의를 열어 여러 가지를 의논하기로 했으니, 그때 더 자세히 알아보겠습니다."

"알겠어요. 분명히 뭔가 더 있을 테니 해러스가 계속 알아봐 주세요."

가온은 그저 황량하기만 한 생명의 아공간을 풍요로운 곳으로 바꿔 주는 이들에게 고마운 마음만 가지고 있을 뿐인데, 오랫동안 인간과 접촉하지 않고 고립된 생활을 해 온 스노족은 너무 앞서 나가고 있었다.

억터르텐

에테론 제국 황궁의 모처.

"……쏟아져 나오는 마수와 몬스터를 막으라고 보냈더니
아예 공략에 성공했다고?"

그렇게 묻는 젊은 황제는 황당한 얼굴이었다.

"믿어지지는 않지만 그렇게 알려 왔습니다."

근위 전사단장이 복잡한 얼굴로 그렇게 대답했다.

"어이가 없네. 그자가 정말 던전의 보스인 마족을 해치울
실력을 가지고 있었단 말인가?"

제국에서 가장 강한 근위 전사단장도 감히 상대할 엄두를
내지 못했던 마족이다. 그는 마족이 발휘한 것만큼 자유자재
로 검환을 발현할 수 없었다.

"정보부는 그가 우트 여신의 대리자이기 때문에 상성으로 던전의 보스인 마족을 처단할 수 있었을 거라는 의견을 올렸습니다."

그 말을 들으니 어느 정도 이해가 가는 황제다.

'상성이라.'

마족의 천적은 천족. 신은 천족에 해당하니 신의 대리자 역시 마족을 능히 상대할 수 있었다.

"그래서 어떻게 처리하기로 했나?"

"일단 그자의 거취는 알아냈습니다."

"어디로 간다고 하던가?"

"제가 직접 통신을 했는데 당분간은 대륙의 오지를 여행하면서 우트 신의 말씀에 따라서 마기에 오염된 땅을 정화하고 세상에 해악을 끼치는 변종 마수와 몬스터를 처단하겠다고 했습니다."

"과연 신의 현신자다운 행보로군."

일반 전사라면 부귀영화를 누릴 수 있는 공적을 세웠음에도 그런 행보라니 정말 신의 현신자다운 행사였다.

황제는 내심 품고 있었던 불안감을 내려놓았다.

뤼나웜으로 인해서 세상이 엉망으로 변한 이때, 마족을 죽일 정도의 실력자가 세력을 확장하면 능히 일국을 건설할 수 있을 뿐 아니라 어쩌면 세상을 통일할 수도 있을지 모른다고 생각했다.

"대금은 어찌하겠다고 하던가?"

"단 상단에 맡겨 두면 초원을 돌아보는 여행을 끝내고 찾아가겠다고 했습니다. 사람을 좀 붙여 둘까요?"

"아니야. 그런 인물이라면 괜히 자극해서 본국에 대한 부정적인 이미지를 심어 줄 필요가 없어. 게다가 언제 다시 뤼나웜 사태가 벌어질지 알 수 없고, 마족 던전과 같은 던전이 나타나지 않으리라는 법이 없으니 행적 정도만 파악해 두라고. 마음 같아서는 고위직이라도 내리고 싶은데, 안 받아들이겠지?"

"그럴 것 같습니다. 그간의 행보로 봐서는 권력에 전혀 욕심을 내지 않는 인사입니다. 의뢰도 마족 때문에 받아들이는 거라고 했습니다."

역시 근위 전사단장답게 황제가 우려하는 부분을 확인했다.

그렇다면 혹시 모를 타국의 스카우트는 걱정하지 않아도 된다. 이후로도 내내 여신이 내린 소명을 묵묵히 수행할 것이 분명했기 때문이다.

"지금은 어디에 있나? 던전 근처에 있는 건가?"

"아닙니다. 던전은 붕괴 중이고 지금은 초원의 갈기족이 모여 사는 하고롱에 있는데, 치료 행위에 전념하고 있다고 합니다."

제국의 정보국은 이미 오래전부터 갈기족 내부에 정보원

을 심어 두었다.

"치료? 그래 치료 능력은 어떻다고 하던가?"

황제는 가온을 성전사로 생각했기에 그 말에 강한 흥미를 느꼈다.

"엄청난 신성력으로 한 번에 100여 명씩 치료를 하는데, 경증은 단박에 낫고 중증은 세 번 정도 신성 치료를 받으면 정상으로 회복된다고 했습니다."

그게 사실이라면 놀라운 능력이다. 포션이 없는 세상이고 전문적인 의사도 없기 때문에 치료는 희소한 사제 외에는 도제 방식으로 이어지는 치료사들이 전적으로 맡고 있었는데, 능력이 각기 달라서 작은 병에도 죽는 이들이 많았다.

"신의 대리자가 맞았나 보군!"

역사적으로 신의 이름을 팔아서 부귀영화를 이루려고 했던 사기꾼들은 수도 없이 많았다.

사람들이 모시던 신을 불신할 정도로 많았지만 신벌은 내리지 않았다. 인간들이 사기 행위를 밝히고 처단했기 때문이다.

"그런데 갈기족도 갓상점의 존재를 알게 된 것 같습니다."

"마족 던전이 공략되었으니 당연한 일이지. 어차피 그에 대한 정보는 이미 널리 퍼지지 않았나."

"그렇긴 하지만 그들이 뭉치기라도 하면 본국의 안위에도 영향이 있습니다."

초원의 전사들은 어릴 때부터 기마술에 능하고 궁술이 뛰어나서 예나 지금이나 무척 위험한 존재다. 그래서 초원을 국경으로 하는 모든 나라에서는 그들이 뭉치지 않도록 하는 것이 외교의 원칙이었다.

"그럴 테지. 하지만 지금은 그런 걱정을 할 때가 아니야. 그간에 초원 주변국들이 맺은 협정대로 이간책을 써서 전력을 약화시켰고 마수와 몬스터의 창궐 사태로 인해서 인구가 격감하지 않았던가. 이제까지 원수로 지내 왔으니 쉽게 화합할 수도 없고 설사 통합을 이룬다고 해 봐야 전사의 숫자가 3만도 되지 않아서 위험할 것이 없네. 게다가 갓상점을 통해 경지를 높일 수 있다는 사실을 알게 되었으니, 그들의 관심은 온통 던전에 쏠리겠지. 지금도 속속 새로운 던전이 생기고 있고 회의에서 결정된 대로 우리는 이제는 던전보다 뤼나웜 사태로 인해 북상한 마수와 몬스터를 토벌하는 데 신경을 써야 하네."

"그렇긴 합니다."

일단 황제의 말을 받아들인 문득 정보국장이 사석에서 한 말이 기억났다.

―단장님, 갈기족은 어릴 때부터 말과 늑대를 타고 화살과 검을 사용하는 전사들입니다. 그동안은 본국을 포함한 여러 나라들이 그들이 통합하지 못하도록 갖은 수를 써서 방해하

는 데 성공했지만, 저는 핍박을 받고 있는 그들의 현재 상황이 마음에 걸립니다. 인구가 크게 줄긴 했지만, 만약 그들이 통합을 이루고 그동안 우리의 분열책을 알게 된다면 당연히 복수를 천명할 것이고, 머지않아서 뛰어난 기동력과 기마술로 무너질 나라가 한둘이 아닐 겁니다.

정보국장은 그런 말과 함께 갈기족이 더 이상 던전을 공략할 기회를 주어서는 안 된다는 의견을 밝혔다.

근위 전사단장도 비슷한 생각을 하고 있기에 황제를 독대하는 이 자리에서 그런 우려를 전하고 싶었지만, 젊은 나이에도 불구하고 훌륭하게 제국을 다스려 온 황제는 놀라운 능력을 보여 준 우트 신의 대리자에게만 신경을 쓸 뿐 갈기족에게는 아무런 관심이 없었다.

평소에는 신하들의 조언에 귀를 기울이는 현군이지만 자부심이 강하고 오만한 구석이 많은 이 야심만만한 황제는 일단 결정이 내려진 일에 대해서 반대 의견을 반복해서 듣는 것을 아주 싫어했다.

'후유! 할 수 없지.'

그래도 하고롱에 정보국 요원들을 잠입시켜 두었으니 무슨 일이 벌어지면 바로 알 수 있을 것이다. 만약 그런 움직임이 있으면 그때 다시 보고를 하면서 우려를 표명하는 것이 좋을 것 같았다.

'그래도 우트 신의 현신자가 마족 던전을 공략해 준 것은 정말 다행이야.'

던전에도 종류가 있었다. 공략에 성공하면 완전히 사라지는 것도 있었고 일정 시간이 지나면 다시 생성되는 것도 있는데, 마족처럼 특별한 존재가 보스인 경우에는 완전히 소멸된다고 알려져 있다.

만약 다시 생성되더라도 보스의 경우 이전보다 한 단계 떨어지는 능력을 가지고 있기 때문에 공략은 훨씬 쉬워진다. 보상 수준 역시 낮아지지만 말이다.

이틀 전, 가온 일행은 갈기족과 함께 하고롱에 도착했다.

첫날은 갈기족 족장을 비롯한 수뇌부와 인사를 나누고 서로 덕담을 나눈 후 휴식을 취했다.

그리고 다음 날부터는 가장 먼저 눈에 띈 환자들부터 치료하기 시작했다.

익힌 후 처음 사용해 보는 광역 홀리큐어의 위력은 엄청났다. 단순히 힐 마법을 익힌 아레오는 물론이고 비슷한 치료 스킬을 익힌 아나샤가 까무러치게 놀랐을 정도였다.

"역시 온 랑은 우트님의 사랑을 받을 만해요!"

아나샤와 아레오는 이번 던전의 보상으로 나온 명예 포인트로 광역 홀리큐어 스킬을 구입했다고 굳게 믿고 있었다. 무려 A급 스킬이었으니 그럴 만도 했다.

"억터르텐, 감사합니다!"

광역 홀리큐어 1레벨은 한 번에 100명의 경상자를 치료할 수 있었다. 외상으로 중상자는 10명이고 내상으로 경상자 5명이 한계였다.

그렇다고 잘린 사지가 재생할 정도는 아니고 외상과 내상만 치료할 수 있었다. 그럼에도 불구하고 하고룽에 모인 갈기족은 가온을 조상신인 울라히에 버금가는 존재로 받아들였다.

어쨌거나 가온의 광역 홀리큐어 스킬과 아나샤의 광역 힐 덕분에 하고룽의 갈기족 병자 대부분은 하루 만에 치료가 되는 기적을 경험했다.

"그런데 온 랑, 억터르텐이 대체 뭘까요?"

저녁 식사 후에도 치료는 이어졌지만 어느 순간부터 더 이상 찾아오는 병자가 보이지 않자 한숨을 돌린 아나샤가 차를 준비하며 물었다.

"갈기족이 나를 억터르텐이고 부른다고?"

"네, 온 랑. 저도 들었어요. 치료를 받은 병자나 그 가족들이 온 랑에게 절을 하면서 그렇게 부르더라고요."

"좋은 의미겠지."

가온은 그 단어를 '은인' 정도로 이해하고 크게 신경을 쓰지 않았다.

"병자는 많은데 제대로 먹지 못했거나 위생 상태가 좋지 않아서 생기는 병이어서 안타까워요."

"맞아요. 제대로 씻기만 해도 안 걸릴 피부병도 그렇지만 소화나 장에 관련된 병증을 가진 있는 이들이 많더라고요."

그렇게 말하는 아레오와 아나샤는 안타까운 얼굴이었다.

갈기족이 모여 사는 하고롱은 '달랏'이라는 호수가 있는 분지였다.

비록 호수가 크긴 하지만 암반이나 돌이 많은 지역이 7할 이상이기 때문에 7할에 해당하는 호숫가에 대충 집을 짓고 과밀한 상태로 모여 살았다.

이동을 하면서 목축을 하던 예전과 달리 지금은 사람들은 물론 그 열 배가 넘는 가축들과 함께 지내다 보니 위생 면에서 불결할 수밖에 없었고, 초원 주위의 나라들과 거래도 어려워서 식량을 포함한 생필품도 많이 부족했다.

멀쩡한 사람이라도 이런 환경에서 오래 지내다 보면 병자가 될 수밖에 없었다. 이런 환경은 전사들이 갈기족의 고향이라는 파란 고원으로 이주하겠다는 이유 중 하나였다.

가온 일행이 종일 치료를 하고 있음에도 도착하는 날에 인사를 나눈 갈기족의 족장이나 원로 들이 들여다보지 않은 것도 그 문제를 두고 아침부터 지금까지 격론을 벌이고 있어서였다.

전사들의 의견은 모아진 데 반해서 족장이나 원로들은 의견이 각기 다른 것이다.

초저녁에 잠깐 다녀간 울바르가 상황을 알려 주었기에 망정이지 안 그랬다면 손님 대접이 시원찮다고 오해할 뻔했다.

"이 모든 것이 모두 우트님의 은혜 덕분이에요."

오늘 아침에도 같은 소리를 하더니 다시 또 그 소리를 하는 아나샤는 몇 번이고 말해도 감동이 옅어지지 않는 얼굴이었다.

'하긴.'

아나샤는 성녀지만 우트 신의 신성력을 가온에게 전해 주는 매개였다. 그런데 던전을 나온 순간 우트 신으로부터 신성력을 선물받아서 지금은 수치로 대략 100만에 해당하는 신성력을 보유하게 되었다.

게다가 뜨거운 사랑의 행위를 통해 우트 신이 가온에게 전해 주는 신성력은 무려 300만에 달해서 현재 가온이 가용할 수 있는 신성력은 1천만이 훨씬 넘었다.

그렇기에 오늘 하루에만 거의 200번에 가깝게 광역 홀리큐어를 시전했지만 신성력은 크게 부족하지 않았다.

심력 또한 관계가 있는 스텟인 집중력과 지력이 높아져서 그런지 아니면 영력이 높아져서 그런 건지 이전과 달리 피로감을 크게 느끼지 못했다.

"더 이상 찾아올 환자도 없는 것 같은데 산책이나 할까?"

"좋아요! 그리고 보니 하고룽의 중심부에 있는 호수도 제대로 구경하지 못했네요."

"호호호! 안 그래도 몸이 찌뿌둥했는데 우리 호숫가를 산책해요!"

아나샤와 아레오는 좋다고 막 끓인 차도 포기하고 바로 따라나섰다.

마침 달빛도 좋아서 기분 좋게 나선 호숫가 산책이었지만 세 사람의 얼굴은 호수와 가까워지자 점점 더 굳었다.

"대체 이 악취는 뭘까?"

"호수와 가까워질수록 더 심해지는데. 설마 누군가 호수에 썩은 것들을 버린 걸까?"

아레오나 아나샤도 짐작이 가는 것이 있었지만 애써 부인하려고 했다.

그런데 호수로 흘러내리는 작은 개울을 발견한 세 사람의 얼굴은 딱딱하게 굳었다. 유량도 적은데 유속마저 느린 개울물은 악취를 풍겼고 한눈에도 동물의 변으로 보이는 것들이 떠 있었다.

"근처에 가축을 사육하는 곳이 있는 모양이네요."

"그래도 이건 아니지 않아요? 사람들이 거주하는 구역 한복판에 이렇게 더러운 물이 흐른다니. 도시 빈민가를 흐르는 개울도 이 정도는 아닌데……."

영양실조나 영양불균형도 문제지만 100만이 넘는 사람들이 다양한 용도로 이용하는 호수에 이런 오염된 물이 유입되니 환자가 많을 수밖에 없었다.

악취를 참으며 호숫가에 도착한 세 사람은 호숫물에 세수를 하거나 아예 호수에 몸을 담그고 씻는 많은 사람들을 볼 수 있었다.

　그런 이들을 제외하고도 호숫가에는 사람이 아주 많았다. 아직 잠을 청할 시간이 아니었고 달빛이 밝아서 딱히 할 일이 없는 많은 사람이 호숫가로 바람을 쐬러 나와 있었다.

　그들은 가온 일행을 알아보고 너도나도 허리를 깊이 숙여 인사를 해 왔지만, 다행하게도 산책을 방해할 생각은 없는지 경외하는 시선으로 훔쳐볼 뿐 말을 걸지는 않았다.

　'그래도 예의는 아네.'

　안 그래도 종일 감사하다는 인사를 받았기에 더 이상은 사양하고 싶었다. 그저 사랑하는 두 여인과 도란도란 대화를 나누며 호수를 구경하고 시원한 바람을 온몸으로 맞이하고 싶었다.

　'바람? 흡!'

　악취다! 개울물과 떨어지고 나서는 무척 엷어졌던 악취가 바람에 실려 세 사람에게까지 온 것이다.

　"이게 무슨 냄새야!"

　"물비린내에 썩은 냄새가 섞였어."

　손으로 코를 부여잡는 아레오와 아나샤에게서 호수로 눈을 돌린 가온은 엷은 암청색을 띠는 호숫물을 보고 고개를 가로저었다.

'완전히 오염됐어.'

따로 흘러가는 물길이 없는 분지의 호수는 빠르게 죽어 가고 있었다.

이런 물을 끓이지 않고 마셨다가는 배앓이부터 시작해서 다양한 수인성 질병에 시달릴 것이다.

'대체 무슨 짓을 했기에?'

그때 바람의 방향이 바뀌며 또 다른 악취가 느껴졌다.

"크윽! 가축 변 냄새!"

돼지나 닭을 모아서 키우는 곳이 있는지 냄새가 정말 엄청 났다. 초식성인 소나 말과 달리 잡식성인 닭과 돼지의 변 냄새는 엄청 지독했다.

이러니 호수가 아무리 커도 오염이 될 수밖에 없었다. 100만이 넘는 사람과 그 열 배가 넘는 가축의 변만 해도 호수가 엉망이 되는 것이다.

'이렇게 되면 남는 갈기족도 제대로 살 수가 없을 거야.'

아까 들렸던 울바르는 의견이 일치되지 않아서 각 부족이 파란 고원으로 이주하든지 이곳에 남든지 결정하는 쪽으로 결론이 날 것 같다고 했다.

이동 중에 생길 위험과 와이번의 공격 등을 두려워하는 쪽은 이곳에 남을 거란 얘기다.

"아무래도 안 되겠네."

"뭐가요?"

악취가 견디기 힘든지 오만상을 찡그리던 아나샤가 물었다.

"혹시 정화와 관련된 스킬이 있어?"

"그건, 있긴 한데 악령이나 마기에 잠식된 경우에 사용하는 스킬이에요."

"그럼 기각! 아레오는?"

"사용할 수는 있지만, 설마 이 호숫물을 대상으로 할 건 아니죠?"

씨익.

가온은 황당한 얼굴을 하고 있는 아레오와 아나샤를 뒤로하고 호수로 걸어 들어갔다.

"온 랑!"

두 사람이 불렀지만 가온은 물이 가슴까지 빠지는 곳까지 도착하고 나서야 발을 멈추었다. 그리고 두 손을 앞으로 모으고 정화 스킬을 펼쳤다. 물론 신성력을 사용하는 신성 계열의 마법이다.

화아아아.

가온의 몸이 성결한 백광에 휩싸이는가 싶더니 백광의 범위가 빠르게 확장되었다. 그리고 백광이 지나간 곳의 물색은 암청색이었던 전과 달리 투명하기만 했다.

'역시 되네!'

신성 계열의 정화 마법은 아나샤가 말한 것처럼 악령이나 마기를 제거하는 효과가 있다. 하지만 그렇다고 오염된 물질을 정화하는 효과가 없는 것이 아니다.

'차고 넘치는 것이 신성력이니 이렇게 물을 정화할 수도 있지.'

그야말로 무식한 방법이지만 신성력이 1천만이 훌쩍 넘는 가온이기에 할 수 있었다.

'아!'

생각해 보니 스킬 진화권도 있었다. 곧바로 진화권을 써서 C등급이었던 정화 스킬을 B등급으로 올린 가온은 다시 정화 스킬을 활성화시켰다.

후광을 두른 채 신성한 빛에 휩싸인 가온의 모습은 보기만 해도 경외심이 차올랐다.

아마 제국이었다면 수많은 신의 이름이 거명되었겠지만 지금 호숫가에서 무릎을 꿇거나 오체투지를 한 상태로 그 광경을 보고 있는 갈기족들의 입에서는 '억터르텐'이라는 이름만 나오고 있었다.

가온의 정화는 금방 끝나지 않았다. 신성력이 바닥이 날때까지, 거의 1시간에 가깝게 계속되고 있어서 나중에는 얘기를 들은 수많은 갈기족들이 호숫가에 몰려들어 보기만 해도 경건해지고 숭배할 수밖에 없는 가온의 모습을 보았다.

얼마 안 되는 각 부족의 주술사들은 눈물을 흘리며 주문에 가까운 송가(頌歌)를 불렀고 너 나 할 것 없이 썩은 호숫물을

맑은 물로 바꾸는 이적(異跡)을 행하는 가온에게 무릎을 꿇고
찬양했다.

"다들 일어나시오."

가온의 말이 떨어지자 그가 머무르고 있는 대형 천막 주위
를 빼곡하게 채우고 무릎을 꿇은 이들이 자리에서 일어났다.

"다시 말하지만 난 내가 믿는 분의 말을 따라 행했을 뿐
그대들의 억터르텐이 아니오. 오늘 일도 그저 파란 고원으로
가지 않고 이곳에 남을 이들과 호수를 근간으로 살아가는 동
물들이 건강하게 잘 살았으면 하는 마음에서 신의 도움을 받
아서 한 것뿐이니, 과대하거나 그대들의 입장에서 해석하지
마시오."

아쉽게도 반응은 없었다. 1시간여 만에 호수를 어느 정도
정화시킨 후 밖으로 나오자 그의 시선에 들어온 모든 갈기
족이 별처럼 눈을 빛내며 그를 쳐다보더니 지금처럼 부복했
었다.

"쉬어야 하니 다들 물러가 주었으면 좋겠소."

"네, 억터르텐!"

갈기족을 대표하는 10부족의 족장과 원로들이 부복했을
때보다 더 크게 감명을 받은 얼굴로 하나둘 물러났다.

"내가 괜한 짓을 했나?"

"아뇨. 절대로 아니에요. 온 랑의 말대로 호수에 기대어

살아가는 수많은 동식물을 위한 일이에요. 저도 능력만 있었다면 그렇게 했을 거예요. 정말, 정말 잘하셨어요."

"온 랑이 너무 자랑스러워요. 제가 온 랑의 여자인 것도 너무 자랑스럽고요. 우트님도 기뻐하실 거예요!"

가슴이 간질거리는 느낌의 칭찬이지만 사랑하는 여인들이 하는 말이기에 기뻤다.

가온은 성격상 이런 순간을 즐길 수가 없었다. 마음속으로는 더 즐기고 싶었지만. 왠지 겸연쩍어서 화제를 돌렸다.

"그런데 당신들, 갓상점에서 무엇을 구입했는지 말해 주지 않았어."

그제 밤에는 헤어질 달리아트족을 포함해서 1만 7천여 명이 그야말로 광란의 축제를 벌였다. 가온의 아공간이 그야말로 대방출을 했다.

수많은 사람들이 말 한마디 섞어 보겠다고 찾아왔고 그에 맞춰 주느라고 아레오도 아나샤도 너무 취해 버렸다.

어제는 늦은 시간에 이곳에 도착해서 곧바로 인사를 나눈 후 밤늦게까지 병자들을 치료했다. 그래서 세 사람만의 대화 시간은 따로 가질 수 없었다. 물론 음양대법은 빼먹지 않았지만.

"아! 그랬네. 저는 스크루 마력 서킷을 구입했어요."

아레오가 뿌듯한 얼굴로 대답했다.

"중급이야?"

"네. 마력이 쌓이는 속도가 기존의 세 배나 되더라고요."

"잘 선택했네."

아레오가 쓰는 마법은 벼리와 파넬의 분석에 의하면 심상마법이라고 했다.

얼마나 많은 마력으로 선명한 이미지를 그리느냐에 따라 마법의 위력이 달라지는. 그러니 마력 축적 효율이 높은 마력 서킷을 구입하는 것은 아주 좋은 선택이다.

"아나샤는?"

"전 환희대법을 구입했어요."

"환희대법?"

"난이도는 우리가 익힌 음양대법보다 한 단계 위인데 효과는 엄청나게 높더라고요. 부부가 환희대법을 마스터하면 바디체인지와 함께 영원히 사랑하며 살 수 있다고 했어요."

"……."

"……."

가온과 아레오는 자랑스럽게 설명을 하는 아나샤를 보고 황당해서 한동안 아무 말도 하지 못했지만, 그녀가 말로 행동으로 설명해 주는 내용은 머릿속에 깊이 새겨 넣었다.

시간이 늦기는 했지만 사랑하는 이들이 환희대법을 수련하기엔 아주 적당한 밤이었다.

다음 날. 가온은 늦잠을 잤다. 밤새 두 여인을 상대로 새로운 대법을 수련하느라 새벽에 되어서야 겨우 잠을 청했기 때문이다.

이미 해가 높이 뜬 시각이라서 수련을 할 수 없어 차나 한 잔 마시려고 했을 때 손님들이 찾아왔다. 울바르를 비롯한 대전사장들이었다.

울바르는 바토르, 푸토마와 함께 통합된 갈기족에서 전사로서 최고 지위인 태전사장이 되었다.

"모든 부족이 파란 고원으로 이주하기로 했단 말이오?"

"그렇습니다."

가온은 울바르의 말에 놀라지 않을 수 없었다.

전날까지 족장 회의에서 파란 고원으로 가겠다는 의견을 낸 부족은 6개였다.

물론 해당 부족들과 혈연으로 얽힌 소부족들이 포함되었는데 그 숫자는 무려 90만에 육박했다.

그런데 상황이 변했다.

가온이 놀라운 능력으로 오염된 호수를 정화해서 생존 환경이 좋아졌음에도 불구하고 이주를 거부했던 부족들이 약속이나 한 듯 태도를 바꾸어 거의 모든 부족이 파란 고원으로 이주하기로 한 것이다.

"그래서 이동할 인원이 150만에 육박한다는 것이오?"

"그렇습니다. 원래 하고롱에서 살아온 가라렌 부족도 이주를 결정했습니다."

"허어, 참. 왜 갑자기 분위기가 바뀐 것이오?"

어젯밤까지만 해도 말이 통합 부족 회의지 이주를 찬성하는 측과 반대하는 측이 격렬하게 언쟁을 벌이고 있다고 들었기 때문이다.

"이 모두가 억터르텐이 보여 주신 이적 때문이지요."

"그것 때문에 이주를 격렬하게 반대하던 부족들의 마음을 돌렸다고?"

이제 가온은 갈기족이 억터르텐이라고 부르는 부분은 더 이상 언급하지 않았다.

"그렇습니다. 오염되어 동물은 물론 사람도 끓이지 않고 마시게 되면 병이 걸릴 정도로 오염된 호수를 다시 맑게 정화시킬 정도의 능력을 가지신 억터르텐이 결정한 일이라면 당연히 따라야 한다는 공감대가 형성된 겁니다."

참으로 황당한 일이지만 앞으로 갈기족과 얽힐 일이 별로 없는 가온으로서는 크게 놀랄 일은 아니다.

'내가 책임질 것도 아니니까.'

자신이야 파란 고원에 있을 와이번과 던전 때문에 가는 것이고 이왕이면 자신과 생사를 함께했던 갈기족 전사들과 동행하려는 것뿐이다.

'수가 많으면 마수나 몬스터를 상대하는 데 도움도 될 것이고.'

파란 고원까지는 날아가면 그만이지만 그곳에 플라위스

들이 감당하기 힘들 정도로 와이번의 숫자가 그렇게 많다니 갈기족이 도움이 될 것이라고 판단해서 같이 가기로 한 것이다.

"아무튼 뒤늦게 입장을 번복한 부족들 때문에 출발은 내일로 미뤄야 할 것 같습니다."

"알았소. 그렇게 알고 있겠소."

하루 정도야 충분히 기다릴 수 있지만 무려 150만에 이르는 사람과 그 열 배는 될 가축들까지 이동할 생각을 하면 속도가 느려질까 봐 내심 걱정이 되었지만 내색은 하지 않았다.

차라리 잘됐다는 생각도 들었다.

'둘 다 너무 무리해서 아직도 못 일어나고 있으니까.'

어젯밤에 너무 뜨거운 시간을 보냈다.

환희대법은 음양대법보다 내용이 복잡해서 체위도 체위지만 느껴지는 감각이 워낙 강렬해서 체력이 빠르게 소진되는 것도 모르고 꽤 오래 서로를 탐닉했다.

'음기와 양기의 교환으로 정말 마나는 물론 스텟까지 증가할 줄은 몰랐어.'

자신이야 워낙 분모가 크기 때문에 큰 변화는 아니지만 아레오와 아나샤의 경우에는 한 번의 관계만으로도 현격한 변화가 일어났다.

문제는 마족과 상대한 후 양기가 너무 급격하게 늘어나서

두 여인의 음기로는 자신을 감당하지 못한다는 것이다.

그렇다고 자신에게 도움이 안 되는 것도 아니다. 정말 두 여인에 대한 사랑이 깊어진 것 같으니 말이다.

'동화의 인을 구입하려면 포인트를 열심히 모아야 하는데 구입할 것은 자꾸 늘어나네. 할 수 없지. 열심히 하는 수밖에.'

앞으로는 자신도 그쪽 스킬을 좀 찾아봐야 할 것 같다는 생각을 하며 울바르를 배웅했다.

파란 고원으로 가는 길

　다음 날 아침, 하고롱을 떠나는 사람들의 행렬은 꼬리를 물고 길게 이어졌다.

　울바르와 바토르, 그리고 푸토마는 현역에 복귀해서 통합을 이룬 갈기족의 태전사장으로 이번의 대이동을 전반적으로 책임지기로 했다.

　그리고 세 사람은 일족의 모든 전사를 동원해서 행여 발생할 수도 있는 상황에 대비한 계획을 시행했다.

　세 태전사장은 각각 선두와 중간 그리고 후미를 맡아서 전사들을 지휘해서 이주하는 동안 갈기족을 지킬 예정이다.

　가온 일행은 선두에서 움직였는데, 헤알과 차링을 포함한 이십여 명의 달리아트족이 포함되어 있었다.

그들은 엘프 전사들과 사귀는 사이로 가온이 시르네아의 요청을 받아들여서 합류시킨 것이다.

"그런데 생각보다 갈기족 전사의 숫자가 많지 않네요."

햇볕이 강렬하고 먼지가 많은 초원 기후에 대비해서 통기성이 높은 두꺼운 천으로 얼굴을 둘러 보석처럼 반짝이는 두 눈만 노출한 아레오가 분주하게 오가며 정찰 결과를 보고하는 정찰 전사들을 보면서 말했다.

"그 사정은 내가 들었어."

가온이 대답을 하기 전에 아레오와 같은 복장을 하고 있는 아나샤가 입을 열었다.

"언니가요?"

"응. 던전 사태가 본격적으로 알려지기 전에 갈기족은 제국을 비롯한 각 왕국들의 전폭적인 후원을 받아서 굉장히 큰 규모의 부족 전쟁을 치렀다고 하더라고. 그리고 그런 전쟁을 치른 직후 던전에서 쏟아져 나온 마수와 몬스터 그리고 변종을 상대하는 과정에서 엄청난 숫자의 전사가 죽었다고 했어."

본래 갈기족의 경우 전사의 비율은 비정상적으로 높아서 인구의 10% 정도였다고 했다. 지금 인구가 150만이라면 전사의 숫자는 15만이 되어야 정상인 것이다.

"갈기족의 전력이 굉장히 약해진 거군요. 얼핏 들어 보니까 지금은 성년을 갓 넘긴 전사까지 포함해서 3만 정도라고 하던데."

"시기도 그렇고 아무래도 초원을 둘러싸고 있는 나라들이 술수를 부린 것 같아."

"혹시 모르는 갈기족의 침입과 초원에 생성된 던전 때문에 서로 입을 맞춘 거구나!"

"그런 것 같아. 갈기족 전사의 용맹함과 강인함은 대륙에 널리 알려질 정도였으니까."

두 사람의 얘기를 듣는 가온도 그렇게 생각했고 현재 갈기족 지도자들도 비슷한 결론을 내리고 있었다.

"그나저나 이 많은 사람이 이동하는 것치고는 일정이 너무 빡빡한 것 아닌가요?"

"나만 그렇게 생각한 게 아니네."

아레오와 아나샤는 갈기족이 짠 일정이 무리라고 생각했다.

파란 고원까지는 초원 늑대나 말로 열흘 거리라는데 일정은 그 배로 잡았다.

노약자가 많이 포함되었으며 가축까지 있는 것을 고려하면 누가 생각해도 무리이다 싶은 일정이었다.

물론 초원 늑대나 말을 타고 간다고 해도 줄곧 달리는 건 아니다.

체력 안배를 위해서 보통은 조금 빠른 걸음으로 지속해서 이동하는 것이 보통인데 그 점을 고려해도 일정은 좀 문제가 있어 보였다.

하지만 갈가족이 그런 무리한 일정을 수립한 것은 몇 가지 이유가 있었다.

첫 번째는 가온의 존재였다. 족장부터 어린아이까지 억터르텐으로 굳게 믿게 된 그가 지켜 주는 한 일족의 건강은 물론 마수나 몬스터의 습격도 큰 방해 요소가 되지 못한다고 생각한 것이다.

두 번째는 다가오는 우기였다. 곧 몇 달 동안 강우량은 많지 않지만 비가 줄기차게 내리고 추워지는 우기가 닥친다.

본격적인 우기에 돌입하기 전에 1년 내내 푸르름을 자랑하는 파란 고원에 도착해야만 했다.

사실 이번 이동을 반대하던 측은 곧 닥칠 우기를 우려했었다.

도중에 필연적으로 감당해야 할 마수와 몬스터의 습격을 고려하면 도저히 우기가 시작되기 전에 파란 고원에 도착할 수 없다고 생각한 것이다.

세 번째는 오랫동안 갈기족에게 사사건건 간섭을 일삼아 온 초원 주변의 나라들의 접근을 차단하기 위해서였다.

생필품 지원이나 거래는 물론 해당 국가에 이주한 친족들의 안전을 빌미로 어떤 요구를 해 올지 알 수 없었기 때문이다.

초원 주변의 나라들은 하나같이 갈기족이 파란 고원으로

이주하는 것을 방해했다.

오래전, 파란 고원에서 세력을 키운 갈기족이 왕국의 전 단계까지 발전해서 초원 주변의 나라들을 수시로 약탈했던 악몽 때문이었다.

하지만 파란 고원으로의 대대적인 이주를 결정한 갈기족은 단단히 마음을 먹었다. 키우던 가축은 데리고 가되 이동 속도에 부정적인 영향을 끼칠 새끼들은 모조리 잡아서 도축해 버린 것이다.

거기에 구하기 쉬운 재질의 가구와 오래되고 무거운 가죽들은 모조리 버리라는 수뇌부의 명령이 떨어졌다.

최대한 짐을 가볍게 하기 위해서였는데 가온은 몰랐지만 억터르텐의 이름을 팔았기 때문에 반발은 거의 없었다.

그래서 짐 대신 노약자를 태울 수 있도록 조치함으로써 이동의 편이성은 물론 속도까지 올리는 효과가 발생했다.

아무튼 그런 이유로 무리하다 싶은 이동 일정이 수립되었고 첫날부터 빠르게 이동하기 시작했다.

하고롱을 출발한 지 사흘이 지났다.

그동안은 워낙 많은 인원 때문인지 변종 늑대들도 멀리에서 간간이 보일 뿐 꼬리를 말고 도망을 쳐 버려서 기습 따위는 없었다.

이동 속도도 아직까지는 처음에 계획한 것처럼 빨랐고 도축한 가축의 새끼들로 인해서 식량이 부족하지도 않았다.

어린아이들을 포함한 노약자들의 건강 상태도 양호했다.

일부는 자청해서 걷기도 했지만 대부분은 말과 소가 끄는 마차에 탄 상태로 이동했다.

그래서 무리한 이동이었지만 갈기족의 분위기는 무척 밝고 활기찼다. 억터르텐과 함께 일족이 가장 번영을 구가하던 옛 터전을 찾아가는 길이니, 기대만큼이나 발걸음도 가벼웠다.

하지만 행운이 언제까지 유지되지는 않았다. 수많은 가축에 침을 흘리던 회색늑대 무리가 가장 먼저 굶주림에 항복했다.

수가 무려 2만에 이르는 회색늑대 무리는 영악하게도 5천 마리로 선두를 공격하는 동시에 1만 5천에 이르는 본대는 후미를 노렸다.

초원이라고 해서 산이 없는 것도 아니고 높은 언덕이 없는 것도 아니었다. 놈들은 길게 이어질 수밖에 없는 갈기족 행렬의 앞뒤가 공교롭게도 높은 언덕 사이에 들어갔을 때를 노렸다.

정찰대를 운용하고는 있었지만 인원이 총인구에 비하면 턱없이 부족했기 때문에 먼 거리까지 정찰을 할 수가 없었고, 그에 반해 회색늑대들의 기동성이 높기 때문에 닥친 위험이었다.

갈기족만 있었다면 상당한 규모의 피해를 입을 수밖에 없는 전술이었지만 회색늑대들에게는 안타깝게도 가온의 존재가 있었다.

첫날부터 2시간에 한 번씩 투명날개를 이용해서 공중 정찰을 하고 있는 가온은 회색늑대들의 움직임을 이미 간파했다.

처음에는 그냥 해당 정보만 알려 줄 생각이었는데 갈기족의 대응이 너무 한심해서 직접 나설 수밖에 없었다.

현재 갈기족에는 치명적인 약점이 있었다. 그건 불과 몇 년 전까지만 해도 원수처럼 지내 온 역사 때문에 의사소통이나 역할 분담에 문제가 있었다.

지금이야 그것이 초원 주변의 나라들이 공동으로 부린 수작 때문이라는 사실을 알게 되었지만, 다른 부족에 의해서 가족과 친지가 죽임을 당한 원한은 생각보다 깊어서 진정한 협력을 이끌어 낼 수가 없었다.

결국 가온이 나서서 전술을 마련하고 명령을 내렸다.

명령에 따라 미성년자와 장년인 들이 전사들 행세를 하는 동안 전사들은 행렬의 앞뒤로 은밀하게 이동했다.

다행한 것은 복장이 거의 동일했고, 말과 초원 늑대를 능숙하게 탈 수 있었기에 회색늑대 측은 그런 움직임을 전혀 감지하지 못했다는 사실이다.

전방의 높은 언덕을 앞두고 언덕 위에 회색늑대가 출현한 순간 갈기족 행렬의 선두와 후미에는 전사들이 집결했다.

선두 쪽에는 3천의 전사가, 후미에는 2만 7천에 달하는 전사가 배치되었다. 선두 쪽에 그처럼 적은 인원이 배치된 것은 회색늑대들이 전방에는 나이가 든 개체들을 포진시켰기 때문이었다.

놈들이 인간들의 관심을 끄는 동안 젊고 빠른 본대가 후미를 치려는 생각이었다.

울바르가 이끄는 3천의 전사는 늑대들이 언덕을 거의 다 내려올 때까지 기다렸다가 초원 늑대를 달리게 해서 공격을 시작했는데, 처음의 기세와 달리 앞장을 선 늙은 회색늑대들은 무참하게 학살당했다.

그럴 수밖에 없는 것이 3천의 전사는 모두 마족 던전을 경험했기 때문에 마상도로 팔방풍우 도법을 펼친 것이다.

흙으로 돌아갈 날이 머지않았던 노쇠한 늑대들은 자신들보다 훨씬 더 빠르게 달려오는 초원 늑대의 기세에 눌린 상황에서 한참 떨어진 거리에서 날아오는 마상도를 피할 수가 없었다.

그 시각 후미에서도 마침내 전투가 시작되었다.

전열에는 방패를 든 전사들이 서 있었는데 대부분은 앳된 얼굴이었다. 그리고 어깨와 어깨 사이에는 당긴 시위에 화살을 걸고 있는 전사들이 보였다.

"쏴!"

목소리가 큰 것도 아닌데 모든 전사의 귀에 박히듯 전해지는 가온의 명령에 화살이 검은 비처럼 달려오는 회색늑대들을 향해 날아갔다.

딱히 특정한 목표를 노리는 것도 아니고 실수했다고 비난을 받을 일도 없었기에 훈련해 온 그대로 화살을 40도 각도로 쏘기만 하면 되는 일이다.

훈련만 받았지 아직 본격적인 전투나 사냥을 한 경험이 없는 전사들이 다수 섞여 있었지만, 원거리에서 화살을 쏘는 것은 문제가 없었다.

캐앵! 캥!

화살에 맞은 회색늑대들이 구슬픈 신음을 토했지만 상당수는 멈추지 않고 인간들을 향해 달렸다.

투기를 끌어 올린 상태이기 때문에 급소나 이동과 관련된 부위가 화살에 맞지 않는 한 고통도 잘 느끼지 못하는 상황이었다.

그럼에도 불구하고 세 차례에 걸친 화살 공격으로 3천여 마리의 회색늑대가 쓰러졌다.

하지만 나머지 회색늑대의 선두는 벌써 인간들의 지척에 도달했다. 이제 몇 걸음만 더 달려가면 도약을 할 수 있는 거리였다.

"불붙여!"

가온의 명령에 전사들 사이로 달려 나온 일단의 사람들이 들고 있던 횃불을 앞으로 던졌고, 그 순간 족히 1킬로미터에 이르는 화염의 띠가 만들어졌다.

방패를 들고 있는 전사들의 앞쪽에는 급하게 파 둔 무릎 깊이의 얕은 구덩이가 있었고, 그 안에는 카오스와 카우마가 만들었던 석유가 들어 있었는데 횃불에 거센 화염이 피어오른 것이다.

순식간에 눈앞에 생겨난 거센 화염에 초원 늑대의 선두는 공황에 빠져 버렸다.

날을 바짝 세웠던 투기는 순식간에 가라앉았고 꼬리는 본능적으로 엉덩이 사이로 말려 들어갔다.

들짐승에게 가장 공포스러운 자연 현상은 두 가지다. 하나는 무시무시한 소리와 함께 대지를 향해 내리꽂히는 벼락이고 다른 하나는 불이다.

특히 불은 회색늑대에게는 옷과 감각기관 역할을 하는 털을 태울 뿐 아니라 목숨마저 앗아 간다.

막 적을 향해 도약해서 싱싱하고 야들야들한 살에 뾰족한 이빨을 박아 넣으려는 순간에 눈앞에 나타난 거센 화염과 검은 연기 그리고 이질적이고 후각을 자극하는 석유 타는 냄새를 처음 접했으니, 대부분의 회색늑대가 발을 멈출 수밖에 없었고 좁은 구간에 많은 놈들이 몰리게 만들었다.

"쏴!"

화염 때문에 보이지 않는 것은 인간 쪽도 마찬가지였지만 갈기족 전사들은 방금 전까지만 해도 보였던 회색늑대들을 고려해서 직사로 화살을 날렸다.

푹! 푹! 푹!

포물선을 그리며 날아가는 화살이 가진 충격량도 무시할 수 없는 수준이지만 근거리에서 직사로 날아가는 화살만큼은 아니다.

좁은 구역에 밀집된 회색늑대들은 근거리에서 직사로 날아오는 화살을 피할 여유가 전혀 없었다.

애초에 구덩이에 많은 양의 석유를 부은 것은 아니기 때문에 화염의 기세는 빠르게 약해졌고 연기도 빠르게 걷혔다. 덕분에 나중에 발사하는 전사들의 화살은 정확하게 목표를 향해 날아갔다.

"중지! 열어!"

화살 세례가 멈추고 방패 사이로 길이 열리자 마상도를 들고 있는 전사들을 태운 초원 늑대와 전투마들이 뛰어나왔다.

이제 난전이다. 하지만 걱정할 필요는 별로 없었다. 살아남은 회색늑대들을 상대할 전사들은 경험이 많고 무척 노련했으니 말이다.

높은 위치에서 마나가 주입된 마상도로 펼치는 팔방풍우는 말 그대로 여덟 방위에서 바람이 불고 비가 내리는 것처럼 회색늑대의 머리나 목을 베었는데 회색늑대들은 제대로 저항하지도 못했다.

거기에 언제 하늘로 날아올랐는지 모르는 가온은 연신 마나탄을 날려서 무리 중 강력한 개체들의 머리통에 커다란 구멍을 만들었다.

무리를 지휘하거나 사기를 진작시켜야 할 놈들이 속속 죽어 나가니, 화염으로 인해 공황에 빠졌다가 아직 제정신을 찾지 못한 일반 회색늑대들은 마나를 다루는 전사들의 경험치가 될 수밖에 없었다.

전투 경험이 많은 초원 늑대와 전투마는 기수들이 마상도를 휘두르는 사이에 화살을 맞고 쓰러진 회색늑대들의 머리통을 짓밟거나 걷어차면서 단순히 운송 수단 이상의 역할을 했다.

결국 회색늑대들은 꼬리를 말고 도망치기 시작했는데 전사들은 그대로 내버려 두지 않았다. 언덕 위까지 쫓아가면서 마상도를 휘두르고 화살을 쏘았다.

2만에 가까운 무리가 기습에 나섰지만 몸 성히 도망친 회색늑대는 겨우 2천여 마리도 되지 않았다.

'시작은 좋네!'

가온은 왠지 파란 고원으로 향하는 이번 여정으로 차원 의뢰가 완수될 것 같은 기분 좋은 예감을 느꼈다.

다음 권으로 이어집니다

기갑천마

거짓이슬 퓨전 판타지 장편소설

종말을 막지 못한 절대자
복수의 기회를 얻다!

무림을 침략한 마수와의 운명을 건 쟁투
그 마지막 싸움에서 눈감은 무림의 천하제일인, 천휘
종말을 앞둔 중원이 아닌 새로운 세상에서 눈을 뜨는데……

"천휘든 단테든, 본좌는 본좌이니라."

이제는 백월신교의 마지막 교주가 아닌 평민 훈련병, 단테
그럼에도 오로지 마수의 숨통을 끊기 위해
절대자의 일 보를 다시금 내딛다!

에이스 기갑 파일럿 단테
마도 공학의 결정체, 나이트 프레임에 올라
마수들을 처단하고 세상을 구원하라!